ROSEMARY'S BABY

IRA LEVIN

罗斯玛丽的婴儿

[美] 艾拉·莱文 著　　柯清心 译

北京时代华文书局

一九六六年八月，

完成于康涅狄格州威尔顿市，

并献给加布丽埃勒

第一部

第一章

罗斯玛丽和凯·伍德豪斯签下了第一大道上某栋几何型白屋中的五居公寓租约后，却接到科特斯太太通知，说布拉德福德大厦有间四居公寓空出来了。布拉德福德大厦是栋古老、黝黑而宏伟的公寓大楼，有高耸的天花板、壁炉和维多利亚式风格的装潢，十分抢手。罗斯玛丽和凯结婚后便去排队候补，但最后还是放弃了。

凯将话筒贴在胸口，对罗斯玛丽转述消息。罗斯玛丽发出哀吟："不会吧！"一副快要哭出来的样子。

"太迟了。"凯对着电话说，"我们昨天才签好约。"罗斯玛丽抓住老公的臂膀问："我们不能解约吗？跟他们诌点儿理由什么的？"

"请等一下好吗？科特斯太太。"凯再次遮住电话问，"要跟他们说什么？"

罗斯玛丽心烦意乱，无助地扬起手说："我不知道，就实话实说吧，说我们有机会住进布拉德福德大厦了。"

"亲爱的，"凯说，"人家才不在乎呢。"

"你一定会想出办法的，凯，我们先去看看行吗？跟科特斯太太说我们会去看房子，求求你，趁她还没挂断。"

"我们租约都签了，没办法脱身了。"

"求求你！她会挂电话的！"罗斯玛丽呜呜装哭，一边拿起凯胸上的话筒，试图凑到他嘴边。

凯哈哈笑着，任电话挤在唇边。"科特斯太太吗？其实我们还是有机会解约的，因为还没签妥真正的合约，当时他们表格用完了，所以我们只签了同意书。可以先看一下公寓吗？"

科特斯太太指示他们十一点到十一点半之间，到布拉德福德大厦找米克拉斯或哲罗姆先生，并跟对方说是科特斯太太叫他们来看7E公寓的，然后再打电话给她。科特斯太太把自己的电话号码给了凯。

"你很能编嘛，"罗斯玛丽穿上丝袜和黄鞋，"你真是个说谎高手。"

凯照着镜子说："天啊，有一颗痘痘。"

"别挤它。"

“可是只有四个房间，没有婴儿房。”

“我宁可住布拉德福德的四居公寓，也不要住在那个白色水泥块的整层楼里。”罗斯玛丽说。

“你昨天不是还很爱吗？”

“我只是喜欢，但从来不爱，我敢打赌，连盖楼的建筑师也不爱。我们可以在客厅腾出一块地方当作用餐区，这样就能挪出一间漂亮的婴儿房了。我们什么时候生小孩？”

“快了。”凯说。他来回推动电动剃须刀刮净人中，看着镜中自己的棕色大眼。罗斯玛丽套上黄色洋装，扭身拉起背后的拉链。

两人现在住在凯婚前的单人房公寓，公寓里贴着巴黎和维罗纳的海报，有张坐卧两用的长椅和简易的厨房。

这天是八月三日，星期二。

米克拉斯先生身材短小精悍，两手皆有残缺的手指，跟他握手颇为尴尬，不过他似乎不以为意。“哟，是演员哪。”他用中指按下电梯，“演员都很爱住我们这儿。”他举了四位住在布拉德福德大厦的演员，都十分知名。“我看过你演的戏吗？”

“让我想想，”凯说：“前一阵子我演过《哈姆雷特》，对吧，宝贝儿？后来我们又演了《春风无限恨》……”

“他开玩笑的，”罗斯玛丽表示，“他演过《路德》、《没人喜爱信天翁》，还有许多电视剧和广告。”

“拍广告比较好赚吧？”米克拉斯先生问。

“是啊。”罗斯玛丽回道，接着凯说：“还有艺术类的惊悚剧也是。”

罗斯玛丽恳求地瞟他一眼，凯故作无辜状，然后朝米克拉斯先生的头顶扮邪恶的吸血鬼。

嵌着橡木板的电梯四边环着黄铜扶手，由一位面带僵笑的黑人男孩操控。“七楼。”米克拉斯先生告诉男孩，然后对罗斯玛丽和凯表示：“这间公寓有四间房、两个浴室和五个衣橱。大厦的规格原本都是大公寓，最小的都有九间房。但现在几乎全被改装成四、五及六间房了。7E 这间四居公寓原本是十居公寓的后半部，厨房和主卧浴室都是原来的，非常宽大，你们待会儿就能看到了。原来的主卧改成了客厅，另一间卧室变成主卧，两名佣人房则合并成餐厅或第二间卧室。你们有孩子吗？”

“我们打算生。”罗斯玛丽说。

“那间很适合当儿童房，有全套卫浴和一个大衣橱。公寓的配置就是为你们这种年轻夫妇而设的。”

电梯停了，黑人男孩堆着笑脸，上下调整电梯，让电梯对齐外边地上的围栏；他带着笑容，拉开梯内的黄铜门和外层卷门。米克拉斯先生让到一旁，罗斯玛丽和凯步出电梯，来到一条灯光昏暗、铺贴着深绿色壁纸和地毯的走廊。一名在 7E 公寓绿色雕门前的工人扫了众人一眼，然后继续往门洞里装猫眼。

米克拉斯先生领头往右走，再左拐穿过深绿色走廊的短小通道。罗斯玛丽和凯跟在后头，一路看到壁纸有些地方破损，还有一道接缝掀起往内卷；坏掉的灯泡悬在圆锥形的切割玻璃中，深绿色的地毯上有片地方贴了淡绿色胶带。凯瞟着罗斯玛丽：用胶布补缀地毯？罗斯玛丽别开眼神，开心地笑着：反正我喜欢，一切都好可爱！

“前任房客是加德尼亚太太。”米克拉斯先生自顾自地说，“几天前才去世，东西都还没搬出公寓。她儿子要我告诉看房子的人，这些地毯、空调和部分家具若是要的话，都可以商量。”他转向另一道新贴着绿色及金色条纹壁纸的走廊。

“老太太是在公寓里去世的吗？”罗斯玛丽问，“也不是说……”

“噢，不是的，她是在医院里去世的。”米克拉斯说，“她昏迷了好几个礼拜，老太太年纪很大了，没醒过来，就这么走了。我若能那样离开人世，就要烧高香了。她到去世前都还很开朗活泼，自己做饭、逛街购物……她是纽约州首批女律师之一。”

一行人来到走廊尽头的楼梯间，左边是通往7E的门——一道没有雕环，比其他门扉窄小的门。米克拉斯先生按了按珍珠般圆润的门铃，门铃上方的黑色塑料片上，用白色字体写着L·加德尼亚，然后转动锁里的钥匙。他虽然少了手指头，仍潇洒地转动手把将门打开。“二位先请。”说着用脚指往前一顶，探身伸臂，将门整个推开。

公寓的四个房间，窄小的中间走道两侧分别有两间。右边第一间是厨房，罗斯玛丽见了便忍不住咯咯发笑，因为仅厨房就跟他们目前住的公寓一样大，甚至更宽敞。里面有带六个灶眼的炉子、两个烤箱、大冰箱、巨大的水槽、数十个橱柜、一扇望向第七大道的窗户、高耸的天花板。如果把加德尼亚太太的铬合金桌椅，及大捆大捆的《财富》和《音乐美国》杂志挪走，就可以布置成吃早餐的地方了，就像从上一期《居家装潢杂志》上剪下来的完美场所。

厨房对面是餐厅或第二间卧室，加德尼亚太太以前显然用作书房兼花房。数百棵小型植物，或凋或毙地待在简陋的架子上、一圈圈未点亮的荧光灯管下。花房中央有张摆满书籍纸张的卷盖式书桌，桌子相当漂亮，宽大且泛着古雅的光泽。罗斯玛丽撇下站在门边谈话的凯和米克拉斯先生，径自跨过一排枯萎的棕色植物，走向书桌。这样的书桌通常会放在古董店的橱窗里；罗斯玛丽抚摸着桌子，心想，不知对方愿不愿意把这张桌子转让给自己。有张紫红色的纸上，用漂亮的蓝色字体写道："我以为仅是单纯的休闲娱乐，却再也无心……"罗斯玛丽发现自己正在窥探别人的隐私，便抬眼望着从凯身边转过身的米克拉斯先生问："这张桌子也是加德尼亚太太的儿子想卖的东西之一吗？"

"不知道。"米克拉斯表示，"不过我可以帮你问问。"

"真漂亮。"凯说。

罗斯玛丽说："是呀。"然后粲然一笑，看着四周的墙壁和窗户。这房间可以布置得跟想象中的婴儿房一样完美，房间虽然有点暗——因为窗口面向一片窄院——但黄白相间的壁纸能大幅提高房间的亮度。浴室虽小，却大大加分，而摆满一盆盆小苗的衣橱看起来也十分实用。

众人走到门边，凯问道："这都是些什么？"

"大都是香草。"罗斯玛丽说，"有薄荷、罗勒……这些我就不知道了。”

走廊进去左手边有个客用衣橱，右边是通向客厅的大拱门，两侧各有一扇大凸窗，有菱形玻璃和三面包绕的窗座。右边墙上有座小壁炉，壁炉架是白色的卷纹大理石，左侧是高大的橡木书架。

“噢，凯。”罗斯玛丽拉起凯的手用力握着。凯心不在焉，仅应了声“嗯”，但也紧紧回握。米克拉斯先生就站在他身旁。

“壁炉当然是可以用的啦。”米克拉斯先生说。

他们身后的卧室十分宽敞，约十二乘十八英尺宽，窗户面向同样的窄院，跟客厅或第二间卧室或婴儿房的窗子一样。客厅后方的浴室非常大，并且四面都安装了白色的黄铜圆把手。

“这间公寓实在太棒了！”罗斯玛丽回到客厅，摊开手臂转着圈说，仿佛想将整间公寓抱入怀里。“我爱死了！”

凯表示：“她其实是想请你压低房租。”

米克拉斯先生笑道：“可以的话，我们还巴不得把房租提高百分之十五呢。像这种迷人又有个性的公寓，现在已经凤毛麟角了。新的……”他顿了一下，看着中央走廊入口的桃花心木写字台说，“奇怪，那张写字台后面本来是衣橱啊，我很确定，共有五个橱柜；两个在卧室，第二间卧室有一个，走廊上两个，那边还有那边。”他走向写字台。

凯踮起脚尖说：“你说得对，我可以看得到门角。”

“她搬动过了。”罗斯玛丽说，“老太太把写字台移走了，以前是摆在这儿的。”她指着卧室门口附近墙边，一处带尖角的模糊轮廓，以及四个深印在酒红色地毯上的桌脚圆痕，从四个印痕到写字台现在所立的窄墙边，有四条歪扭的淡淡的拖动痕迹。

“帮我一下好吗？”米克拉斯先生对凯说。

两人慢慢将写字台搬回原位。“我知道老太太为什么会陷入昏迷了。”凯推着桌子说。

“她没办法一个人搬动这张桌子，老太太都八十九岁了。”米克拉斯先生表示。

罗斯玛丽望着刚露出来的衣橱门，不确定地问：“我们可以打开门吗？也许该由她儿子来开。”

两人小心翼翼地把写字台摆回到四个圆印上后，米克拉斯按摩了一下缺指的双手说：“他们授权让我展示公寓。”说着走过去将门打开。衣橱里几乎是空的；一架吸尘器摆在一侧，另一边有三四片木板，上层的架子堆放着蓝色和绿色浴巾。

“被她关在里面的人跑喽。”凯说。

米克拉斯先生表示：“也许她并不需要用到五个衣橱。”

“但她为什么要把吸尘器和毛巾收起来？”罗斯玛丽问。

米克拉斯耸耸肩：“我们大概永远不会知道，说不定她真的老了。”米克拉斯笑道，“还有别的想看，或要我补充的吗？”

“有的，”罗斯玛丽说，“洗衣设备呢？楼下有没有洗衣机？”

两人谢过米克拉斯先生，对方送他们到人行道，然后两人才慢慢沿着第七大道往上城走。

“这间公寓比另一间便宜。”罗斯玛丽装出完全以实用为优先考虑的模样。

“但少了一个房间，亲爱的。”凯说。

罗斯玛丽不发一语地走了一阵子，然后说：“这里位置地段比较好。”

“天啊，没错。”凯说，“所有的剧院走路都能到。”

罗斯玛丽兴奋地说：“噢，凯，我们租下吧！求你，求求你！这间公寓太棒了！加德尼亚老太太根本就没去布置！那间客厅可以——可以变得漂亮而温馨，而且——噢，求求你，凯，我们把它租下来好吗？”

“当然好，”凯笑道，“如果我们能把另一份租约解除的话。”

罗斯玛丽眉开眼笑地抓住凯的手肘：“一定可以的！”她说，“我知道你一定能想出办法！”

凯到玻璃亭里打电话给科特斯太太，罗斯玛丽则待在亭外努力从凯的嘴唇动作中猜测他在说什么。科特斯太太说会等他们到三点钟；假如未收到他们通知，便会打电话叫候补名单上的另一组人来。

两人跑到俄罗斯茶房[①]点了血腥玛丽鸡尾酒和黑面包鸡肉色拉三明治。

“你可以跟他们说我病了，得去住院。”罗斯玛丽说。

但这理由听起来不具说服力，凯倒是诌说，他被征召参加《你来挑战》的演出，要到越南及远东地区做四个月劳军表演，原本饰演艾伦一角的演员摔断了臀骨，除非熟知这出戏码的凯能代为

---

① Russian Tea Room，纽约文艺界人士汇聚的餐厅。

演出，否则劳军行程至少得延宕两周，对那些在远方与共产党奋战的大兵来说，将会是一大遗憾。至于他妻子，则会搬回奥马哈的娘家……

凯练习了两遍，然后跑去找电话。

罗斯玛丽啜着饮料，左手叉指放在桌底下祈运，心想着不想要的第一大道公寓，一一列出它的优点：干净明亮的新厨房、洗碗机、东河的景致、中央空调……

侍者送上三明治。

这时一名穿深蓝色洋装的孕妇从旁经过，罗斯玛丽看着她，女人应该有六七个月的身孕了。女人回头跟一名拎着袋子、年纪较长的妇人兴高采烈地说着话，也许是她的母亲。

有人在对面墙边向她挥手——是罗斯玛丽离开哥伦比亚广播公司的前几周才进公司的红发女孩。罗斯玛丽也挥手回应，女孩说了句什么，看到罗斯玛丽没会过意来，又讲了一遍。女孩对面的男子转头看着罗斯玛丽，此人脸色蜡黄，一脸饥相。

接着高大英俊的凯出现了，他忍住笑，脸上绽放胜利的光芒。

“成了吗？”罗斯玛丽问坐到对面的凯。

“成了。”凯说，“合约解掉了，他们会退还押金，我呢，我得去找一名陆军通信部的哈德曼中尉报到。科特斯太太两点钟会等我们。”

“你打给她啦？”

“打了。”

红发女孩突然跑过来，兴致勃勃、眼睛发亮地说：“我刚才说：

‘你真的很适合结婚，你看起来棒极了。’”

罗斯玛丽拼命回想女孩的名字，一边哈哈笑说：“谢谢你！我们正在庆祝，我们租到布拉德福德大厦的公寓了！”

“布拉德福德大厦？”女孩说，“我超爱那里的！如果你们打算分租，别忘了优先考虑我！那边窗户之间有好多奇形怪状的滴水嘴兽石像呢！”

第二章

得知凯和罗斯玛丽准备在布拉德福德大厦租公寓住时，哈奇竟想劝退他们，因为布拉德福德大厦是“危险地带”。

罗斯玛丽在一九六二年六月初抵纽约时，跟一名来自奥马哈的女孩，以及两名亚特兰大的女生，同住在列克星敦大道南边的公寓里。哈奇就住在隔壁，他虽然拒绝成为这群女孩的“全职爸爸”——我自己有两个女儿，已经受够了，谢啦——但遇到紧急状况，还是会随时帮忙，例如“从火灾逃生口救人的那个晚上”，以及“珍妮差点呛死的那一次”。哈奇本名叫爱德华·哈钦斯，是英国人，五十四岁。他曾用三个笔名，写了三套不同的男孩冒险系列小说。

哈奇还曾经提供罗斯玛丽紧急协助。罗斯玛丽是六名孩子中的老幺，其他五名哥哥姐姐都早早结婚成家，与父母择近而居；罗斯玛丽离开奥马哈，抛下愤怒惊疑的父亲、沉默的母亲，以及四名对她怀恨的哥哥姐姐（唯独酗酒的二哥布莱恩例外，他说：‘去吧，萝丝，想做啥就做啥。’说完还偷偷塞给她一个装了八十五块钱的塑料皮包）。在纽约的罗斯玛丽觉得罪恶而自私，是哈奇用浓茶为她加油打气，陪她讨论亲子关系以及对自我的承担。罗斯玛丽会向哈奇讨教那些在天主教高中所不能谈论的问题；哈奇叫她去纽约大学修夜间部的哲学课。“我会把这个卖花的村姑调教成女公爵[①]。”他说，幸好罗斯玛丽还懂得回他一句：“最好素啦[②]！”

现在罗斯玛丽和凯每个月都会跟哈奇一起吃饭，在他们的公寓，或到餐厅去吃——如果轮到哈奇请客的话。凯觉得哈奇有点儿无趣，但对他很客气；哈奇的妻子是剧作家特伦斯·拉蒂根的表妹，赖汀根跟哈奇一直保持联系，凯知道在戏剧圈里，人脉非常重要，即使只是间接的人脉关系。

他们看完公寓后的那个周四，罗斯玛丽夫妇跟哈奇在二十三街，一间叫“科卢布”的德式小馆用餐。他们在周二下午把哈奇的名字给了科特斯太太，因为她要求房客提供三封介绍信，哈奇在收到科特斯太太的询问信件后已经回复了。

“我实在很想跟她说，你们是毒虫或垃圾鬼，”哈奇说，“或任

---

① 摘自电影《窈窕淑女》的台词。

② 罗斯玛丽此处使用的是俚语。

何会让公寓经理讨厌的人。”

两人探问原因。

哈奇在面包上抹着奶油说：“不晓得你们知不知道，布拉德福德大厦在本世纪初，名声挺烂的。”他抬起眼，发现他们并不知情，便继续往下说（哈奇有张油亮的大脸、热情精锐的蓝眼，几缕稀疏贴着头皮的黑发湿贴在头上）。“除了伊莎多拉·邓肯[①]和西奥多·德莱塞[②]之外，布拉德福德大厦还住过许多知名度一般的名流。特伦奇姐妹就是在那里表演她们的饮食实验，基斯·肯尼迪在那儿举行派对，艾德里安·马卡托也住过那儿，还有珀尔·艾姆斯。”

“‘特伦奇姐妹’是谁？”凯问，接着罗斯玛丽问道：“谁又是艾德里安·马卡托？”

“‘特伦奇姐妹’啊，”哈奇说，“就是两位人模人样的维多利亚式女士，偶尔会吃点人肉，她们煮着吃掉好几个小孩，包括她们的一个侄子。”

“妈呀。”凯说。

哈奇转向罗斯玛丽，“艾德里安·马卡托会施法术，他在一八九〇年代曾引起轩然大波，声称自己能召唤撒但，还展示出一把头发和爪子。人们显然相信他那一套，还因此纠众攻入布拉德福德大厦，差点儿在大厅里将他干掉。”

“你在开玩笑吧？”罗斯玛丽说。

---

① Isadora Duncan，美国艺术家，现代舞创始人。

② Theodore Dreiser，开创美国自然主义文学风格之作家。

"绝无戏言，几年后，基斯·肯尼迪开始在这里狂办派对，到了二十年代，大楼就空掉了一半。"

凯说："我知道基斯·肯尼迪和珀尔·艾姆斯的事，但我不知道艾德里安·马卡托曾住过那里。"

"还有那对姐妹花。"罗斯玛丽不寒而栗地说。

"直到二战时住宅短缺，布拉德福德大厦才又住满人。"哈奇说，"那边现在倒有点高级老宅的味道了；不过在二十年代时，那里被称为黑色布拉德福德，明智的人都避之唯恐不及。甜瓜是给女士的对吧，罗斯玛丽？"

侍者放好开胃菜，罗斯玛丽探询地看着凯；他皱着眉，很快对她摇一下头，意思是：放心，别让他给吓着了。

侍者离开后，哈奇说："多年来，布拉德福德大厦发生的丑闻与不幸，远超过一般，而且有些还是不久前的事。一九五九年，大厦地下室发现一个用报纸包住的死婴。"

罗斯玛丽说："但每栋公寓，偶尔都会发生一些可怕的事吧。"

"偶尔吧。"哈奇说，"重点是，布拉德福德大厦发生恐怖事件的频率，比'偶尔'高出许多，而且不定期还夹杂些较不耸动的事。比如说吧，布拉德福德大厦自杀的人数，也比同样大小屋龄的公寓多。"

"所以答案呢，哈奇？"凯装出极担心的样子，"一定可以解释得通吧。"

哈奇盯视他片刻："我不知道。"他说，"也许是因为'特伦奇姐妹'的恶名，引来了艾德里安·马卡托，而他的恶名，又引来基斯·肯尼迪，最后整栋大厦就变成某些特异人士的聚集地了。或许尚有我们不清楚的原因：如磁场、电子之类的，让这个地方变成货真价实的邪境。伦敦普雷德街上有栋房子，六十年内陆续发生五起凶杀案；凶手之间并无关联，受害者间亦然，也不是所有凶手都信奉邪教，但六十年内竟分别发生五起残酷的凶案，就在一小间楼下是店面、楼上有公寓的小房子里。那房子在一九五四年拆掉了，倒不是为了什么紧迫的理由，就我所知，那块地还空着。”

罗斯玛丽用汤匙挖着甜瓜：“或许也有善良的房子吧。”她说，“人们在那里会谈恋爱，然后结婚生子。”

“并且变成明星。”凯说。

“或许有。”哈奇表示，“只是没人听说过罢了，传之千里的多半是坏事。”他对罗斯玛丽和凯笑了笑，“希望你们两位能找到一栋善良的房子，而不是布拉德福德。”他说。

罗斯玛丽停下送到嘴边的一匙甜瓜：“你是真的想劝我们别住那儿吗？”她问。

“我亲爱的姑娘，”哈奇说，“我今晚原本跟一位迷人的女士有约，为了见你们，说出我的想法，只好忍痛毁约。我是真心想劝你们别住那儿。”

“噢，天啊，哈奇……”凯开口。

哈奇随即表示：“我的意思并不是你们走进布拉德福德大厦，就会被钢琴打中头、让老处女给吃了或变成石头。我只想说，布拉德福德大厦的记录不良，除了合理的租金和可用的壁炉外，应该将这点一并考虑进去：那房子发生不幸事件的比例太高了。为什么非搬进那种危险的地方不可呢？如果你们一心想住十九世纪的大房子，去达科他或奥斯本大厦都行。”

“达库塔得买股份，”罗斯玛丽说，“奥斯本即将要拆除了。”

“哈奇，你会不会说得有些太夸张了？”凯说，“过去几年还有其他‘不幸事件’吗？除了地下室里的婴孩之外？”

“去年冬天有个电梯员被杀害。”哈奇说，“死于一种不适合吃饭时说的意外。我今天下午在图书馆看《时代周刊索引》，查了三小时的微缩片；你们还想听吗？”

罗斯玛丽看看凯，他放下叉子，擦着嘴说：“这太荒谬了，好吧，那边确实发生过很多不愉快的事，但并不表示将来会发生更多。我不认为布拉德福德大厦会比纽约市的其他大厦更‘危险’。你可以丢个铜板，连掷出五个正面，却不表示接下来五次也会是正的，铜板跟其他硬币没有不同，纯粹是巧合罢了。”

罗斯玛丽说：“如果真的有鬼，大厦岂不是早该被拆了吗？就像伦敦那栋房子？”

哈奇说：“伦敦那栋房子，是最后被谋杀的受害者家族所有，布拉德福德大厦却是隔壁教堂的房产。”

“那就对啦，”凯点起烟说，“我们有神的保护。”

“可惜一直都不管用。”哈奇说。

侍者将他们的盘子收走。

罗斯玛丽表示：“我不晓得大厦是属于教会的。”凯接腔道：“整座城市都是教会的，亲爱的。”

“你们试过怀俄明吗？”哈奇问道，“我记得好像也在同一个街区。”

“哈奇，”罗斯玛丽说，“我们到处都试过了，一间都找不到，只有新屋子，每间看起来全都一模一样，方方整整的房间，而且电梯里还有录像机。”

“有那么糟糕吗？”哈奇笑问道。

“有。”罗斯玛丽说，凯接着表示：“我们本来都准备好要搬进那种房子了，但后来解了约，改租这间。”

哈奇凝视他们片刻，然后靠坐回去，双手往桌上一击。“罢了，”他说，“我应该管好自己的事就好，其实我一开始就该这么做。在你们的壁炉里点火吧！我会送你们一个门闩，从今以后绝口不提此事。我真是个蠢蛋，请原谅我。”

罗斯玛丽笑说：“我们的门上已经有门闩了，还有链子和猫眼。”

“你们最好三项都用上，”哈奇说，“还有，别在走廊上串门，到处跟人介绍自己，你们可不是在爱荷华。”

“是奥马哈啦。”

侍者送上他们的主菜。

罗斯玛丽和凯在下一周的周一下午，签下了布拉德福德大厦7E公寓的两年租约，他们给科特斯太太一张五百八十三美元的支票，一个月的预付金加一个月押金。科特斯太太说，他们可以在九月一日前搬进公寓，因为公寓本周末前便会清空，油漆工会在十八日，也就是星期三进来粉刷。

周一稍晚，他们接到前房客的儿子马丁·加德尼亚的电话，双方约定周二晚上八点钟在公寓会面。他们发现，马丁是位六十多岁、十分开朗的高个男子。马丁指出一些想卖的物品，并开出价钱，价格都非常低廉。罗斯玛丽和凯商量并检查物品后，买了两台空调、一张红木化妆台及绣花椅、客厅的波斯地毯，以及柴架、防火屏等各种工具。可惜加德尼亚太太的卷盖书桌不卖，凯签了支票，并帮忙标记要留下的物品，罗斯玛丽则拿着当天早上买来的六英尺长折尺，在客厅和卧室里量着尺寸。

去年三月，凯在白天播放的电视影集《另一个世界》里演了个角色，现在又被叫回去演三天同一个角色，所以他这星期挺忙的。罗斯玛丽从上高中后便开始搜集的装潢文件夹里，筛选出两份适合这间公寓的设计，并据此跟琼一起采购家具。琼·杰利科是她初到纽约时，两名亚特兰大来的女室友之一。琼有装潢师的名片，因此她们可以进出各大装修商及商品陈列室。罗斯玛丽参观、做速记、画速写，以便拿给凯看，她匆匆拿着各种布料和壁纸样品赶回家，看他演的《另一个世界》，然后再冲出门买晚餐。她翘掉雕塑课，并开心地取消了跟牙医的约诊。

周五晚上，公寓已经正式成为他们的了；他们带着一盏灯和一只购物袋，搬进这个有高耸天花板的陌生黑暗空间，远处房间隐隐传来回声。两人打开空调，欣赏家中的地毯、壁炉和罗斯玛丽的化妆台；赞赏他们的浴缸、门把、合页、嵌线、地板、炉子、冰箱、凸窗和景观。他们在地毯上野餐，吃鲔鱼三明治和啤酒，并画出四个房间的平面图，凯负责丈量，罗斯玛丽负责画图。他们又回到地毯上，拔掉灯座插头，脱去衣物，在没有帘子、透着夜光的窗下做爱。“嘘！”事后凯瞪大眼睛，害怕地嘶声说：“我听见、听见特伦奇姐妹在嚼东西了！”罗斯玛丽结结实实地在他头上敲了一下。

两人买了一张沙发、加大双人床、厨房用桌和两张曲木椅。他们打电话给电力公司、电话公司、商店、工人和搬家公司。

油漆工在十八号星期三进驻，修补、填泥料、磨平、上漆，二十号星期五便离开了，留下跟罗斯玛丽的样品上类似的色彩。一名单枪匹马的壁纸糊工进来，嘟嘟囔囔地贴好卧室的壁纸。

他们打电话给各商店和工人，以及凯住在蒙特利尔的母亲。他们买了一个大衣橱和银器，花钱毫不手软。凯在一九六四年时拍过一系列的止痛剂广告，广告时不时地播出，让他赚了一万八千美元，而且仍持续有丰厚的进账。

他们挂上窗帘，在架子上糊纸，监工看着卧室铺上地毯，走廊铺上白色胶垫。他们弄来一架有三个插孔的电话；付清各种账单，并到邮局办理转寄。

八月二十七日星期五，他们搬家了。琼和迪克·杰利科送了一大株盆栽过来，凯的经纪人送来一小株。哈奇拍来一封电报：当其中一扇门写上伍德豪斯的名字，布拉德福德大厦将从邪恶之屋变成善良的房子。

第三章

接下来的日子，罗斯玛丽过得忙碌又快乐，她买来窗帘挂上、为客厅选了一盏维多利亚式的玻璃灯、在厨房墙壁挂上锅具。有一天，她发现走廊衣橱里的四块板子原来竟是架子，刚好可以横架在侧墙的夹板上。她在板子上贴了格纹包装纸，等凯一回家，让他看看摆满整齐布品的衣橱。她在第六大道找到一家超市，在五十五街找到一间清洗床单和凯衬衫的中式洗衣店。

凯也很忙，他跟其他女人的丈夫一样，每天都得出门。劳动节过后，凯的声乐教练回来了；凯每天上午都去找他练习，下午则为舞台剧或广告片试演试镜。早餐时，凯一看到报刊上的影视、戏剧版面就火大——每个人都出城去演《摩天楼》《该死！那只猫！》或《无可救药的年代》《炎热的九月》了，唯独他困坐纽约，只有止痛剂广告还在播出。但罗斯玛丽知道，凯很快便能拿到好角色，她悄悄把咖啡放到凯面前，静静阅读其他版面。

目前婴儿房暂时只是一间小屋，有刷白的墙壁和从旧公寓搬来的家具，稍后才会贴上干净清爽的黄白色壁纸。罗斯玛丽把壁纸样品，随同商场的婴儿床及办公桌广告，一起夹入《毕加索画册》里。

她写信跟二哥布莱恩分享自己的喜悦，家中其他人都不想收到她的信，大家都在生她的气——爸妈、哥哥姐姐，他们不肯原谅她有三个原因：（一）嫁给新教徒，（二）仅去公证结婚，以及（三）婆婆竟然离过两次婚，而且现在还嫁给了加拿大的犹太人。

罗斯玛丽为凯做了西红柿蘑菇炖鸡和鲔鱼白酱小牛片，烤了摩卡蛋糕和一玻璃罐奶油饼干。

未遇见米妮·卡斯特韦特之前，他们早已听闻其声了。隔着卧室墙壁，听见她用中西部式的粗哑嗓音吼道："罗曼，快上床！都十一点二十了！"接着五分钟后，"罗曼？你过来的时候帮我拿罐汽水！"

"我都不知道现在还有人在拍《老爹老妈一家欢》呢！"凯说。罗斯玛丽心虚地笑着，她比凯小九岁，有时不太明白凯在说什么。

他们跟7F善良的古尔德老夫妇、7C带德国腔的布鲁恩夫妇，以及他们的儿子沃尔特见过面。他们在走廊上跟7G的凯勒格家、7H的斯坦因先生，以及7B的杜宾及德沃尔微笑点头（罗斯玛丽借着门铃上的名牌，和大咧咧地去看躺在门垫上的邮件，很快便记住了每个人的名字）。7D的卡普夫妇尚未见到人影，也没有邮件，显然是夏日出游未归；还有只闻其声不见其人，7A的卡斯特韦特夫妇（“罗曼！特里呢？”），他们若非深居简出，便是在异常时间出没。7A的门正对电梯，门垫上的邮件看得一清二楚。他们会收到来自各地的航空信：苏格兰霍伊克、法国朗雅克、巴西维多利亚、澳洲塞斯诺克。他们还订了《生活》和《瞭望》杂志。

罗斯玛丽和凯完全看不到像特伦奇姐妹、艾德里安·马卡托、基斯·肯尼迪和珀尔·艾姆斯之流的人物。除了杜宾及德沃尔是一对同性恋外，其他人似乎都很正常。

他们几乎每晚都能听到隔壁传来粗吼，罗斯玛丽和凯发现，隔壁公寓原本是他们家公寓的前半部。“你根本不可能百分之百确定！”女人辩称，“如果你问我，我会说我们压根儿不该告诉她。这就是我的看法！”

周末夜晚，卡斯特韦特家举办派对，来了十几个人又聊又唱。凯轻松入睡，罗斯玛丽却睁着眼睛躺到两点多，听着荒腔走板的歌声和伴奏的长笛或黑管。

罗斯玛丽唯一会想起哈奇的疑虑而感到惶惶不安的时候，就是每隔四天左右，到地下室洗衣服。大厦的运货电梯本身便令人难安，窄小、无人管控，而且还会突然颤动发出怪声。地下室的气氛更是诡谲，砌着刷白的砖块入口，可听到远处的脚步声和关门声，铁网罩的灯泡下，还有些被丢弃的冰箱面墙而立。

罗斯玛丽一到地下室，便会想起前不久被找到、用报纸包住的死婴。那是谁家的婴儿？怎么死的？是谁找到的？遗弃宝宝的人可曾被逮住判刑？她想效法哈奇，到图书馆找出旧报纸阅读这篇报道；但那只会让事情变得更真实而骇人。她不敢知道婴儿躺在哪里，不敢想去洗衣间的途中，要经过出事的地点。罗斯玛丽决定还是别知道的好，让哈奇和他的好意都去死吧！

洗衣间很适合摆放在监狱：蒸气腾绕的砖墙、罩了铁网的灯泡，以及用铁网隔开、有深凹双槽的小隔间。这里有投币式洗衣机和烘干机，而大部分加了挂锁的小隔间里，大都是私人的洗衣机。罗斯玛丽会在周末或平常下午五点之后下来洗衣服；一星期的前几天，会有一群黑人洗衣妇女过来烫衣服、聊八卦。有一次罗斯玛丽在不知情的状况下闯进来，一群人突然噤声不语。她虽然努力挤出笑容，尽可能低调，但她们还是没再说半个字，害她糗到不行。

她和凯住进布拉德福德大厦两个多星期后，某天下午五点十五分，罗斯玛丽坐在洗衣间里读《纽约客》，一边等着添加柔顺剂时，一名与她年纪相仿的女孩走了进来。女孩有着一头黑发且面如凝脂，罗斯玛丽惊讶地发现她竟是女星安娜·玛丽亚·阿尔珀盖蒂[1]。

---

① Anna Maria Alberghetti，意大利歌剧女星。

女孩穿着白凉鞋、黑短裤和杏黄色的丝绸衬衫，手上拿着塑料制的黄色洗衣筐。女孩对罗斯玛丽礼貌性的点点头后，便不再看她，径自走过去打开一台洗衣机，将脏衣服倒了进去。

就罗斯玛丽所知，安娜·玛丽亚·阿尔珀盖蒂并没住在布拉德福德，但她很可能是来串门，顺便帮忙对方做点家务。罗斯玛丽仔细察看后，发现自己认错人了；女孩的鼻子太过尖长，且表情姿态也和安娜不同，不过两人确实十分神似。罗斯玛丽突然发现对方此时尴尬且狐疑地回望着自己，旁边的洗衣机已准备好，正在注水了。

“不好意思，”罗斯玛丽说，“我还以为你是安娜·玛丽亚·阿尔珀盖蒂，所以才一直盯着你，真是抱歉。”

女孩脸一红，笑了笑，望着旁边几米开外的地板。“我常遇到这种事，”她说，“你不必道歉，自从安娜在《喜临门》首度露脸后，我便常被人们误认成她。”她看着罗斯玛丽，虽然依旧红着脸，但收起微笑说：“我根本不觉得像，虽然都是意大利人，但差距很多。”

“有某个特征非常相像。”罗斯玛丽说。

“我猜是有一点吧，”女孩说，“每个人都这么跟我说，但我并不觉得。相信我，我还挺希望自己也能那样想。”

“你认识她吗？”罗斯玛丽问。

“不认识。”

“听你直接喊她名字，让我以为……”

“噢，不认识，我只是一直那样喊她罢了，大概是因为太常跟别人谈到她了吧。”女孩在短裤上擦着手，然后走向前伸手笑道，“我叫特里·吉奥诺福丽奥，连我都不太会拼自己的姓，所以你也别试了。”

罗斯玛丽笑着跟她握手：“我叫罗斯玛丽·伍德豪斯，我们是这儿的新房客。你在这里住很久了吗？”

“我不是房客，”女孩说，“我只是借住在七楼的卡斯特韦特夫妇家而已，我六月才搬进他们家，噢，你认识他们吗？”

“不认识。”罗斯玛丽笑了笑，“不过我们的公寓就在他们家后面，以前是他们公寓的后半边。”

“噢，天啊。”女孩说，“你们就是租了老太太公寓的人！加……去世的那位老太太！”

“加德尼亚太太。”

“没错，她是卡斯特韦特夫妇的好友，她以前会种些香草植物，还曾送过来给卡斯特韦特太太做菜吃呢。”

罗斯玛丽点头说：“我们第一次来看公寓时，有间房里种满了植物。”

特里表示：“她去世后，卡斯特韦特太太只好在厨房弄个迷你花房，自己动手种了。”

“不好意思，我得加柔顺剂了。”罗斯玛丽站起来，从放在洗衣机上的洗衣袋里拿出瓶子。

“你知道你看起来像谁吗？”特里问她。罗斯玛丽转开瓶盖问：“不知道。像谁？”

“派珀·劳瑞[①]。”

罗斯玛丽哈哈笑说：“不会吧，你那样说太有意思了，因为我老公在派珀·劳瑞结婚前，曾跟她约会过。”

“真的假的？在好莱坞吗？”

“不，在纽约。”罗斯玛丽量了一瓶盖的柔顺剂。特里帮她打开洗衣机盖，罗斯玛丽谢过后把柔顺剂倒进去。

“你先生是演员吗？”特里问。

罗斯玛丽得意地点点头，将瓶盖转回去。

“真的假的！他叫什么名字？”

“凯·伍德豪斯。”罗斯玛丽说，“他演过《路德》和《没人喜爱信天翁》，还演过很多电视剧。”

“天啊，我整天都在看电视。”特里说，“我一定见过他！”地下室某处传来玻璃的碎裂声，大概是瓶子或窗玻璃碎掉了。“哎哟。”特里叫了一声。

罗斯玛丽缩起肩，不安地望向洗衣间门口：“我好讨厌这个地下室。”她说。

“我也是。”特里表示，“幸好有你在，我现在要是一个人，一定吓死了。”

“也许是送货的男孩掉了瓶子。”罗斯玛丽说。

特里表示：“这样吧，我们可以约个固定时间一起下来。你家门口是在电梯旁边吧？我可以去按你的门铃，然后我们再一起下

---

① Piper Laurie，代表作有电视剧《双峰》，电影《江湖浪子》。

来，或者也可以先拨家里电话联络。”

“太棒了。”罗斯玛丽说，“我特别讨厌一个人来这里。”

特里开心地哈哈大笑，接着她说：“我有个幸运符，说不定对我们两个都有用！”她拉开上衣领口，拽出一条银项链，让罗斯玛丽看向项链底端，一颗直径不到一英寸的银丝球。

“哎呀，好漂亮。”罗斯玛丽说。

“就是啊。”特里说，“这是卡斯特韦特太太前天送我的，这银丝球有三百年历史了。她在球里面种小植物，说会带来好运。”

罗斯玛丽仔细观察着特里拎在大拇指和食指间的银丝球，里面的海绵状棕绿色物质，满到从银线缝中挤了出来。罗斯玛丽闻到一股怪味，往后退开。

特里再次大笑：“我也不喜欢那股味道，”她说，“但愿银丝球球有效。”

“这项链好漂亮。”罗斯玛丽说，“我从来没看过这样的东西。”

“是欧洲产的。”特里屁股倚在洗衣机边，左翻右晃地欣赏银丝球。“卡斯特韦特夫妇是世界上最善良的好人，”她说，“他们在路边把我捡回家，这是真的；我在第八大道上昏倒，后来他们把我带回这里，像父母一样地收留我，或者说更像祖父母吧。”

“你生病了吗？”罗斯玛丽问。

“生病算轻的了，”特里说，“我又饿又吸毒，还做了许多光想就令人羞愧恶心到想吐的事。卡斯特韦特夫妇一直照顾我，直到我的身体完全康复，帮我戒毒、让我有饭吃、让我换上干净衣服，他们非常宠我，喂我吃各种健康食品和维生素，甚至找医生定期帮我检查身体！因为他们没有孩子，我就像他们从来没有过的女儿一样。你懂吧？”

罗斯玛丽点点头。

特里说：“刚开始我还以为他们心怀不轨，或是要我做些跟性有关的事。但他们真的一直像我的爷爷奶奶一样，根本没有歪念头。他们打算再过不久，让我去上秘书学校。钱以后我会还给他们。我只读到高中，但总会有办法继续进修的。”她将银丝球塞回衣内。

罗斯玛丽说：“知道世上有那样善良的人真好，尤其在听过太多人袖手旁观，害怕惹麻烦以后。”

“像卡斯特韦特夫妇这样的人并不多。”特里说，“若不是他们，我早就死了，真的，不是死了就是进监狱。”

“你没有家人能帮忙吗？”

“我有个哥哥在海军，不过最好还是别提他吧。”

罗斯玛丽将洗好的衣物放进烘干机，然后等特里的衣服也洗好。两人聊到凯偶尔会在《另一个世界》跑龙套（“我想起来了！原来你就是嫁给他哦？”），也聊到布拉德福德大厦的过去（特里完全不知情），以及教皇保罗到纽约参观访问的事。特里跟罗斯玛丽一样是天主教徒，但未曾留意这些事；不过她倒是很想弄张票，到扬基球场参加教皇举行的弥撒。等特里也洗好衣服，拿去烘干后，两个女孩一起搭电梯回到七楼。罗斯玛丽邀特里到自己家里坐坐，但特里反问能否下回再来，因为卡斯特韦特夫妇六点钟吃晚饭，她不想迟到。她表示晚上会打家里电话给罗斯玛丽，这样就可以一起下楼去拿烘干的衣服了。

凯在家里拿着一袋薯片，一边吃一边看格蕾丝·凯利[①]的电影。“衣服洗好啦。”他说。

罗斯玛丽跟他讲了特里和卡斯特韦特夫妇的事，也说了特里记得在《另一个世界》中看过他。凯虽没说什么，听了还是很开心。他先前心情不好，因为另一个叫唐纳德·鲍姆加特的家伙，很可能会抢掉他在一部新喜剧里的角色，当天下午两人都去了第二次的试镜。“天啊，”他说，“怎么会有人取唐纳德·鲍姆加特这种烂名字？”凯没改名之前，叫谢尔曼·皮登。

晚上八点钟，罗斯玛丽和特里下楼拿衣服，然后特里跟着罗斯玛丽回家认识凯，顺便参观公寓。她见到凯，紧张到脸都红了，凯把她夸赞一番，还送上烟灰缸帮她点烟。特里从没见过这间公寓，她刚到不久时，加德尼亚太太和卡斯特韦特夫妇吵了一架，不久加德尼亚太太便昏迷过去，再也没醒来。“好漂亮的公寓。”特里说。

“将来会更漂亮，”罗斯玛丽说，“我们才装潢不到一半。”

“我知道了！”凯拍掌大喊一声，亢奋地指着特里说：“原来你是安娜·玛丽亚·阿尔珀盖蒂！”

---

① Grace Kelly，美国知名女星。

第四章

哈奇从邦尼尔斯寄来一份包裹——一个有亮橘色内层的长形柚木冰桶。罗斯玛丽立即打电话向他致谢。哈奇在油漆工离开后曾看过一次公寓，但在罗斯玛丽和凯迁入后还没来过，因为罗斯玛丽说，椅子迟送了一个星期，沙发还得一个月才会送来。“拜托先别急着请客人过去，”哈奇说，“告诉我，一切都还好吗？”

罗斯玛丽开心地对他详述一切：“而且邻居看起来都挺正常。”她说，“除了两位有点异常的同性恋外。住我们对门的，是一对人很好的古尔德老夫妇，他们在宾州有一处专门饲养波斯猫的地方，我们若想要的话，随时可以养一只。”

“猫会掉毛。”哈奇说。

“还有一对夫妻，我们还没真正见过面，他们收留了一名吸过毒的女孩，我们倒是见过那女孩，那对夫妻把她治好后，还要送她去读秘书学校。”

“听起来你们好像搬进援助之家了。”哈奇说，“我很高兴。”

“可是地下室挺恐怖的。”罗斯玛丽说，“每次我一去就开始骂你。”

“干吗骂我？”

“还不都是你那些故事害的。”

“如果你是指我写的故事，我也很想骂我自己；若是指我告诉你的事，那你就公平一点，连通知着火的警报器，还有预报台风的气象局一起骂吧。”

罗斯玛丽回应道说：“以后没那么糟了，我刚才提过的那个女孩会陪我一起下去。”

哈奇说：“显然你已发挥正面影响力，那房子不再是恐怖屋了。好好享用冰桶吧，帮我跟凯打声招呼。”

住在7D公寓的卡普家出现了，是一对三十多岁的矮胖夫妻，和一名叫丽萨的两岁女儿。好奇的丽萨坐在婴儿车上问：“你吃过鸡蛋了吗？有吃‘脆脆船长’[①]吗？”

“我叫罗斯玛丽。”罗斯玛丽说，“我吃过鸡蛋了，可是我没听

---

① Captain Crunch，一种谷片早餐。

过‘脆脆船长’，他是谁？”

九月十七日，周五晚，罗斯玛丽和凯以及另外两对夫妻去看舞台剧《达利太太》的预演，然后参加摄影师狄·贝堤隆在西四十八街摄影工作室所举行的派对。凯和贝堤隆为了演员公平政策和禁聘外国演员的议题起了争执。凯认为应该禁止，但贝堤隆认为那是错的。其他在场人士虽然嘻嘻哈哈地打圆场，化解争执，但不久，十二点半才过没几分钟，凯便带着罗斯玛丽离开了。

夜晚天气温暖宜人，两人信步徐行，就在快要抵达漆黑的布拉德福德大厦时，他们看到大厦前方人行道上，二十几名群众围着一辆停靠路边的轿车。两辆并排停靠的警车车顶上的红灯不停地旋转闪烁着。

罗斯玛丽和凯紧张地手拉手，加快脚步。街道上的车辆好奇地放缓速度；大厦里的住户打开窗子，从怪兽形的滴水嘴石像旁探出头。夜班门房托比拿着棕色毯子从屋里出来，警察转身接过毯子。

福斯车的车顶全毁，殃及车侧，挡风玻璃破成碎屑。“死了。”有人说，接着又有人说：“我抬头一看，以为是只大鸟扑下来，像老鹰或什么的。”

罗斯玛丽和凯踮起脚尖，伸长脖子从人群背后张望。“往后退，行吗？”一名站在中间的警察说，人们纷纷让开，有个穿运动衫的背影移开了。罗斯玛丽看到特里躺在人行道上，一只眼睛瞪着天空，半边脸砸成一坨红浆。棕色毯子罩到她身上，毯子落定后，有片地方被染红了。

罗斯玛丽扭开头，闭上眼，右手本能地画着十字。她紧闭双眼，很怕自己吐出来。

凯身子一缩，倒吸一口凉气。“噢，天啊。”接着叹道，“噢，我的上帝。”

一名警察说：“退开行吗？”

“我们认识她。”凯说。

另一名警察转身问：“她叫什么名字？”

“特里。”

“特里什么？”警察年约四十，浑身冒着汗，有对十分漂亮的蓝眼睛和浓黑的睫毛。

凯问：“亲爱的，她姓什么？特里什么？”

罗斯玛丽张开眼睛，使劲咽着口水：“我不记得了，”她说，“是意大利姓，很长，她还开玩笑说连自己都不会拼。”

凯对蓝眼警察说：“她跟7A公寓的卡斯特韦特夫妇住在一起。”

“这我们已经知道了。”警察说。

另一名警察拿着一张淡黄色的记事纸走过来，米克拉斯先生紧抿着嘴跟在警察身后，条纹睡衣上罩了件风衣。“写得简短而温馨。”警察将黄纸条递给蓝眼警察说，“她用创可贴把纸条贴在窗台上，以防纸条被吹走。”

“公寓里有人吗？”

另一人摇摇头。

蓝眼警察读着纸上的字，若有所思地咂着前齿啧啧作声。“特里莎·吉奥诺福丽奥。”他用意大利语发音读着，罗斯玛丽点点头。

凯说：“星期三晚上，根本看不出她有那么悲观。”

“全是悲观的念头。”警员说着打开笔记夹，把黄纸放进去合上，一部分纸还露在夹子外。

“你认识她吗？”米克拉斯问罗斯玛丽。

“不是很熟。”她说。

“噢，当然，”米克拉斯先生说，“你也住七楼。”

凯对罗斯玛丽说：“走吧，亲爱的，我们上楼去。”

警察问：“你们知道去哪里找卡斯特韦特夫妇吗？”

“不知道，”凯答道，“我们甚至没见过他们。”

“通常这时候他们都会在家，”罗斯玛丽说，“我们的卧室就在他们家隔壁，隔着墙就听得见他们的动静。”

凯推着罗斯玛丽的背说：“走了，亲爱的。”两人对警察和米克拉斯先生点点头，开始往大厦的方向走。

“他们来啦。”米克拉斯先生喊道。罗斯玛丽和凯停脚转身，一名高大健硕的白发妇人和一名拖步缓行的高瘦男子，跟他们一样从市中心方向走过来了。“是卡斯特韦特夫妇吗？”罗斯玛丽问，米克拉斯先生点点头。

卡斯特韦特太太身着淡蓝色衣服，搭配雪白手套、皮包和鞋帽，她像护士般搀扶着丈夫的前臂。老先生打扮得五彩缤纷，一件五颜六色的泡泡纱夹克、红长裤、粉红蝴蝶领带，和一顶加了粉红镶带的软呢帽，年纪应有七十五岁或更老了，老太太则约六十八九岁。两人带着好奇的表情及友善而探询的笑容走向前。

警察向前迎接他们，两人顿时凛住笑意。老太太说了几句担心的话，老先生则皱眉摇头。老先生宽薄的嘴像涂了口红般粉艳，他脸颊发白，小小的眼珠在深凹的眼窝中异常明亮。老太太有只大鼻子，下唇丰厚黯淡，粉红眼镜上加了镜链，链条在珍珠耳环后垂着。

警察问道："二位是七楼的卡斯特韦特夫妇吗？"

"是的。"卡斯特韦特先生嗓音干哑，听起来有些吃力。

"有位叫特里莎·吉奥诺福丽奥的年轻女子，是否跟你们住在一起？"

"是的。"卡斯特韦特先生说，"怎么了？是不是发生意外了？"

"你们要有心理准备听坏消息。"警察说着等了一会儿，分别看看两人，然后说："她死了，自杀。"警察抬手用大拇指向肩后比了一下，"从窗口跳下来的。"

两人面无表情地瞪着警察，仿佛对方不曾开口；接着老太太侧身瞄向警员后方染红的毯子，然后再次站直身体，盯着警察说："不可能。"她用平日指使老公的中西部大嗓门说："你们搞错了，毯子下是别人。"

警察连头都没转地对着老太太说："亚堤，麻烦让他们两位看一下。"

卡斯特韦特太太绷紧下巴大步绕过警察。

卡斯特韦特先生则待在原处："我就知道会这样，"他说，"那孩子每隔三周就会变得极度沮丧，我之前曾留意到，也告诉过我太太，却被斥为是胡说八道。她很乐观，从不承认会有不如她意的那一面。”

卡斯特韦特太太走回来：“那也不表示她就是自杀呀。”她说，“她是个非常快乐的女孩，绝对没有理由自杀，一定是意外，她一定是在清洗窗户，结果没抓牢。她常为我们清洗东西、做家务，给我们惊喜。”

“她才不会在深更半夜清洗窗户。”卡斯特韦特先生说。

“有何不可？”卡斯特韦特太太生气地说，“说不定就是！”

警察从夹子里拿出淡黄色纸条。

卡斯特韦特太太犹疑地接过去翻面看，老先生也凑过去看，薄薄的红唇颤抖着。

“是她的笔迹吗？”警察问。

卡斯特韦特太太点点头，老先生说：“是的，错不了。”

警察伸出手，老太太把纸还给他。警察说：“谢谢你，等我们都处理完后，一定会把信还给你们。”

老太太摘掉眼镜，任其悬在镜链上，然后用戴着白手套的指尖捂住双眼。“我不相信，”她说，“我就是无法相信，她是那么的快乐，她所有的问题都已经过去了呀。”卡斯特韦特先生搂住她的肩，望着地面摇头。

“你们知道她家人的名字吗？”警察问。

“她没有家人。”卡斯特韦特先生说，“就一个人，除了我们，她没有别人了。”

“她不是有个哥哥吗？”罗斯玛丽问。

卡斯特韦特太太戴上眼镜看着她，老先生从地上抬起眼，深凹的眼睛在帽檐下闪闪发光。

“她有吗？”警察问。

“她说她有，”罗斯玛丽表示，“在当海军。”

警察看看卡斯特韦特夫妇。

“我没听说过，”卡斯特韦特太太答道，接着老先生也说：“我们俩都没听说过。”

警察问罗斯玛丽：“你知道她哥哥的军衔或驻扎地吗？”

“不知道。”罗斯玛丽回说，然后对卡斯特韦特夫妇表示，“她前几天才在洗衣间里跟我提的，我是罗斯玛丽·伍德豪斯。”

凯说：“我们住在 7E。”

“我跟你的感觉一样，卡斯特韦特太太。”罗斯玛丽表示，“她似乎非常快乐，对未来充满了美好的期望。她对你们夫妇赞赏有加，说她非常感激你们对她的帮助。”

“谢谢你。”卡斯特韦特太太说，接着老先生表示：“能听到你那样说真好，我们心里也能好受一点儿。”

警察说道：“除了在海军外，你对她哥哥的其他事一概不知吗？”

“我只知道那么多了。”罗斯玛丽说，“她好像不是很喜欢她哥哥。”

“要找他应该很容易。”卡斯特韦特先生说道，“‘吉奥诺福丽奥’这个姓并不多见。”

凯再次推着罗斯玛丽的背，两人朝大厦慢慢退开。“我好震惊，太遗憾了。”罗斯玛丽对卡斯特韦特夫妇表示，凯则说：“实在太遗憾了，真的……”

卡斯特韦特太太回答：“谢谢你们。”接着卡斯特韦特先生口齿不清地说了一长串，他们只听得懂“她最后几天”这几个字。

两人搭电梯上楼，难过地看着7A的门（“唉，我的天啊！”夜班电梯员迪亚格直说，“唉，天啊，天啊！”），然后穿过楼道走回自己的公寓。7G的凯勒格先生从门缝后向外观望，探出头问楼下发生了什么事。两人据实以告。

他们在床边坐了几分钟，猜测特里自杀的原因。两人一致认为，只有当卡斯特韦特夫妇告诉他们遗言中写了什么，他们才能确定特里自杀的原因。他们差点就目睹了那一刻。不过凯说，就算知道纸条的内容，可能还是无法明白她自杀的全部原因，因为也许连特里自己都说不清楚。某种原因使她嗑药，某种原因让她厌世；至于到底是什么原因，谁都不得而知。

“记得哈奇的话吗？”罗斯玛丽问，“他说这里自杀的人比其他大楼多？”

“噢，亲爱的，”凯说，“‘危险地带’根本是一派胡言好吗。”

“但哈奇很信。”

“总之就是胡说八道。”

“我可以想象他听到消息后会说什么。”

“那就别告诉他。”凯表示，“他铁定不会在报上看到消息。”当天早上抗议纽约报业的罢工运动正式开始，传言罢工可能会持续一个月，甚至更久。

两人脱下衣服冲澡、继续玩进行了一半的拼字游戏、停下来、做爱、从冰箱翻出牛奶和一盘冷意大利面。凌晨两点半，两人准备熄灯时，凯想起要检查电话留言，结果发现他得到葡萄酒的广告角色了。

不久凯睡着了，罗斯玛丽躺在旁边却辗转难眠，眼前不停地浮现特里撞烂的脸和那只望向天空的眼睛。辗转反侧一阵子后，罗斯玛丽回到女子学校，艾格尼丝修女正朝着她挥拳，叫她别再当二楼的班长。“有时我真怀疑为何是你来领头！”她说。一记敲墙声惊醒了罗斯玛丽，她听见卡斯特韦特太太说：“拜托你别跟我提劳拉·路易丝说什么，因为我没兴趣！”罗斯玛丽翻身把自己埋到枕头里。

艾格尼丝修女非常生气，一对猪似的泡泡眼济成一条缝儿，鼻孔愤愤地张合着。都是罗斯玛丽的错，害得学校得把所有窗户砌上砖头，还被《世界先驱报》举办的“最美校园”竞赛除名。“你要是肯听我的话，我们就不用那么做了！”艾格尼丝修女扯着沙哑的中西部洪亮嗓子吼道：“我们本来都准备好了，现在却得从零开始！”麦克叔叔试着要修女安静。叔叔是女子学校校长；学校直接和他在奥马哈南部开的修车厂对接。“我跟你说过，什么都别事先跟她说。”艾格尼丝修女压低声音继续骂道，一对愤恨的猪眼瞪着罗斯玛丽。“我告诉过你，她很守旧，得晚点再让她知道。”（罗斯玛丽跟范罗妮卡修女报告，窗子被砌上了砖头，范罗妮卡修女便让学校退出竞赛。其实罗斯玛丽不提，根本不会有人注意，学校说不定能赢得比赛。尽管艾格尼丝修女这么说，去告发还是正确的，天主教学校不该靠作弊取胜。）“任何人！随便一个人都行！”艾格尼丝修女说，“只要年轻、健康、不是处女就行。不需要是贫民区嗑药的烂妓女。我不是一开始就说了吗？任何人，只要年轻、健康又不是处女就行了。”修女的话莫名其妙，连麦克叔叔都听不懂。罗斯玛丽再一翻身，场景转换成周六下午，她和布莱恩、埃迪和珍一起站在奥芬剧院的糖果柜台前，正打算去看贾利·库柏和帕德里夏·妮尔主演的《源泉》①，只是这回是现场演出，不是电影。

① *The Funtainhead*，改编自安·兰德（Ayn Rand）的同名作品。

第五章

紧接着的周一早上，罗斯玛丽在整理手上最后一包杂货时，门铃响了。卡斯特韦特太太出现在猫眼里，她用蓝白色手帕盖住白发上的发卷，一脸严肃地直视前方，像拍护照似地等摄影机按快门。

罗斯玛丽打开门说：“嗨，你好吗？”

卡斯特韦特太太黯然一笑说：“还好，我能进来打扰一分钟吗？”

“当然可以，请进。”罗斯玛丽贴墙而立，将门整个拉开，卡斯特韦特太太进门时，飘入一股淡淡的苦味，那是特里那颗装满棕绿色海绵物质、银丝球护身符的味道。卡斯特韦特太太千不该万不该，穿了条紧身七分裤，在肥臀粗腿上挤出一圈圈的肥肉。蓝色上衣罩着青绿色的裤子，臀部口袋中露出螺丝起子的尖端。老太太在小室与厨房间的走廊停下来，转身戴起挂在脖子上的眼镜，对罗斯玛丽一笑。罗斯玛丽突然想起一两天前做的梦：艾格尼丝修女因窗户砌砖的事而怒斥她……接着她甩开杂念，专心微笑，准备聆听卡斯特韦特太太拜访的目的。

“我是过来跟你道谢的。”卡斯特韦特太太说，“谢谢你那晚对我们说了那番好话，让我们知道可怜的特里告诉你，她很感激我们所做的事。你不知道，在那么震惊的时刻听到那些话，有多么令人欣慰。我们以为，是我们让她失望，导致她自杀的，虽然她在遗书中写得非常清楚，一切是出于自愿；但能听到特里在生前最后一刻，对人透露的心声，还是非常幸运。”

“真的不必谢我。”罗斯玛丽说，“我只是把她对我说过的话告诉你们罢了。”

“很多人宁可不找麻烦。”卡斯特韦特太太说，“他们会走开，懒得管闲事。等你再大些，便会明白世间上，仁慈是多么少见的善行。所以我真的很感谢你，罗曼也是，罗曼是我老公。”

罗斯玛丽顺从地点点头笑道：“别客气，我很高兴自己能帮上忙。”

“她昨天早上火化了，没举行仪式。”卡斯特韦特太太说，“那是她的意思。现在我们只能忘记过去，继续过日子了，当然不会太容易；我们自己没有小孩，很喜欢有特里的陪伴。你有孩子吗？”

“没有，我们没有小孩。”罗斯玛丽说。

卡斯特韦特太太望着厨房。“噢，真好看。”她说，“把锅那样挂在墙上，还有瞧你桌子摆设的，太有意思了。”

“是照杂志上摆的。”罗斯玛丽说。

“你们家油漆粉刷得真好，”卡斯特韦特太太说，一边欣赏地抚着门挡。“是大厦的人弄的吗？你一定给了油漆工不少钱，他们帮我们家做的工可没这么细。”

“我们只给他们每人五块钱。”罗斯玛丽说。

“哦，只有那样吗？”卡斯特韦特太太转身看向小屋，“哎哟，真不错。”她说，“是电视间吧。”

“只是暂时拿来摆电视而已，”罗斯玛丽说，“至少希望如此，将来要当作婴儿房。”

“你怀孕了？”卡斯特韦特太太看着她问。

“还没。”罗斯玛丽说，“但我希望等我们居住的地方稳定后能怀上。”

“太好了。”卡斯特韦特太太表示，“你这么年轻健康，应该会生很多孩子。”

“我们打算生三个。”罗斯玛丽答道，“你还想看公寓的其他地方吗？”

“当然。”卡斯特韦特太太说，“我很想看你是怎么布置的，以前我几乎天天来这儿，你们之前的女房客是我的好友。”

“我知道。”罗斯玛丽走在前方带路说，“特里跟我说了。”

“哦，是吗？”卡斯特韦特太太跟在后头说，“你们两个在洗衣间里好像长谈过不少事。”

“我们只长谈过一次。”罗斯玛丽说。

卡斯特韦特太太看到客厅时吓了一跳。“我的妈呀！”她说，“这也变得太多了吧！看起来好明亮！噢，你看那椅子，真漂亮。”

“礼拜五才送来的。”罗斯玛丽答道。

“那种椅子一把要多少钱？”

罗斯玛丽有些心慌意乱地说：“不太确定，好像两百块左右。”

“你不介意我问吧？”卡斯特韦特太太敲着自己的鼻子说，“所以我鼻子才会这么大，老爱东闻西嗅的。”

罗斯玛丽哈哈笑说：“不会，没关系，我一点也不介意。”

卡斯特韦特太太仔细打量客厅、卧房和浴室，询问加德尼亚太太的儿子把地毯和化妆台卖了多少钱，床头柜上的灯从哪儿买的，罗斯玛丽多大岁数，电动牙刷是否真的比旧式牙刷好用。罗斯玛丽发现自己还挺喜欢这位直肠子、大嗓门、有话直问的老太太。罗斯玛丽请她喝咖啡吃蛋糕。

“你老公是做什么的？”卡斯特韦特太太问。她坐在厨房餐桌上，随手查看汤罐及牡蛎罐头的价钱，罗斯玛丽一边折着咖啡滤纸一边回答她。“我就知道！”老太太说，“昨天我才告诉罗曼，‘那小伙子好帅，我敢打赌他一定是电影演员！’我们大楼里有三四位演员。他拍过什么片？”

“没拍过电影，”罗斯玛丽说，“他演过两部舞台剧，《路德》和《没人喜爱信天翁》，还演过很多电视及广播剧。”

两人在厨房里喝咖啡吃蛋糕，老太太不肯让罗斯玛丽为了她把客厅弄乱。“听我说，罗斯玛丽，”她同时咽下蛋糕和咖啡，“我有一块两英寸厚的牛排，现在正解冻，因为只有罗曼和我两个人吃，恐怕有一半得扔进垃圾桶。今晚你何不跟凯一起过来陪我们吃饭，怎么样？”

“噢，那怎么行，不好意思。”罗斯玛丽说。

“有什么不好意思？”

“不行，真的，你们不会希望……”

“如果你们能来，就算帮我们大忙啦。”卡斯特韦特太太说，她看着自己的大腿，然后抬眼看着罗斯玛丽，勉强笑着说：“昨晚跟星期六都有朋友来陪我们，但今天是我们第一次在……在出事后独处。”

罗斯玛丽同情地靠向前说：“你若确定这样真的不会麻烦的话。”

“亲爱的，会麻烦的话就不请你了。”卡斯特韦特太太说，“相信我，我是很自私的人。”

罗斯玛丽笑了，“特里可不是那样跟我说的。”

“唉，”卡斯特韦特太太开心地笑着说：“特里搞不清楚自己在说什么。”

“我得去问问凯，”罗斯玛丽说，“你不妨先把我们算进去。”

老太太喜滋滋地说：“告诉他，我不接受拒绝！我要跟亲戚吹嘘说我认识他！”

她们继续吃着蛋糕配咖啡，聊着娱乐圈的刺激与难料，谈新一季的电视节目有多难看，以及持续进行的报业罢工。

“六点半对你们会不会太早？”卡斯特韦特太太在门口问。

“刚刚好。”罗斯玛丽说。

“罗曼不喜欢超过六点半吃饭。”老太太说，“他若太晚吃，胃会不舒服，没法睡觉。你知道我们住哪儿吧？7A，六点半，我们会很期待。噢，有你的信，亲爱的，我来拿给你。是广告单，总比什么都没收到好，是吧？”

两点半，凯心情恶劣地回到家；他从经纪人那里得知，自己差点拿到的角色，被那个名字很烂的唐纳德·鲍姆加特夺去了。罗斯玛丽亲吻他，让他坐到新的扶手椅上，一旁摆着热奶酪三明治和啤酒。罗斯玛丽读过剧本，并不怎么喜欢，她告诉凯，说不定到时候戏会停演，就再也不会有人听到唐纳德·鲍姆加特的名字了。

凯说：“即使无法上演，那种角色还是能吸引人们注意，你等着看吧，他一演完这部戏，一定会拿到其他角色。”凯掀开三明治一角，抑郁地看着里面，然后合起来开始吃。

“卡斯特韦特太太今早来我们家。”罗斯玛丽说，“谢谢我告诉他们说，特里很感激他们。我想她其实只是想看看公寓，她真是我见过最三姑六婆的人，竟然还问了各种东西的价钱。”

“真的假的？”凯说。

“不过她很直肠子，也承认自己很爱管闲事，所以挺有趣的，不会让人讨厌。她甚至还打开药柜看。”

“直接开？”

“是啊，你猜她穿什么。”

“超大号的的面粉袋。”

“不对，紧身七分裤。”

“紧身的七分裤？”

“青绿色的。”

“我的天哪。”

罗斯玛丽跪到飘窗间的地板上，用蜡笔和尺子在牛皮纸上画线，然后丈量窗框的深度。“她邀请我们今晚过去跟他们吃饭。”罗斯玛丽看看凯，“我跟她说得先问你，但应该没问题。”

“唉，天啊。”凯说，“还是别去吧。”

“他们好像很寂寞。”罗斯玛丽说，“因为特里的关系。”

凯表示：“亲爱的，我们要是跟那种老人交上朋友，就永远别想摆脱他们了。他们跟我们住在同一楼层，以后会一天来找我们六次，尤其她又那么好管闲事。”

“我跟她说我们应该会去了。”罗斯玛丽说。

“你刚不是说，你得先问我吗？”

“是啊，但我也跟她说，我们应该会去。”罗斯玛丽无助地看着凯，“她真的很希望我们去。”

“我今晚没心情给老人家好脸色。”凯说，“抱歉了，亲爱的，打电话跟她说我们不能去。”

“好吧，我去打。”罗斯玛丽又用蜡笔和尺子画一条线。

凯吃掉三明治：“你犯不着生气吧。”他说。

“我没生气，”罗斯玛丽说，“我明白你说他们住在同一层楼的意思，真是真知灼见，你说得太对了。我一点都没生气。”

“算了，”凯说，“我们去就是了。”

“不用，不必了，我们去做什么？不必去了，反正她来之前我就已经买好了晚餐的食材，所以不会有问题。”

“我们去。”凯说。

“你若不想去，我们就别去。这话听起来很虚伪，但我是说真的，真的。”

“我们去，算我日行一善吧。”

“好吧，但得你想去才行。而且我们会跟他们讲明，只去这一次，以后不会再去了，对吧？”

“对。”

第六章

六点半过后几分钟，罗斯玛丽和凯离开自家公寓，穿过深绿色的走廊，来到卡斯特韦特家门口。凯按门铃时，后边的电梯门丁的一声开了，杜宾或德沃尔先生（他们不确定哪个是哪个）拎着装在洗衣袋里的西装走出来，他笑了笑，打开旁边 7B 的门锁，说道："你们走错地方了吧？"罗斯玛丽和凯发出友善的笑声，对方走进公寓喊道："是我！"并任由他俩瞥见里头的黑色餐具柜和红金色壁纸。

卡斯特韦特的门开了，涂了粉和胭脂的老太太笑吟吟地站在门口，身穿淡绿色衣裳和粉红围裙。"时间刚刚好！"她说，"请进请进！罗曼正在调伏特加鸡尾酒，天啊，真高兴你能来，凯！我一定要告诉亲朋好友是什么时候认识你的。‘凯·伍德豪斯本人，就在那边用那个盘子吃饭！’等你吃完，我绝不洗盘子，保留原本的模样！”

凯和罗斯玛丽哈哈大笑，互换眼神。瞧你的朋友，他使眼色说，她也回敬，我能怎么办？

宽敞的门厅里，摆了张坐四人的长方形桌子，桌上有绣边的白布、胡配乱搭的盘子和各式华丽银器。门厅左侧是客厅，客厅有罗斯玛丽和凯家的两倍大，却十分神似。厅中有扇大飘窗，而不是两扇较小的窗子，另外还有雕着卷草纹的粉色大理石壁炉架。房间家具的摆设颇为古怪；壁炉一端有靠背长椅、灯桌和几张椅子，另一端是一堆乱七八糟、像办公用的档案柜，还有堆着报纸的桥牌桌，挤到满出来的书架和摆在铁架上的打字机。房屋两端中间是一片二十英尺长的连墙棕色地毯，看来十分新颖软厚，地毯上面还留着吸尘器的拖痕，中央仅摆了张小圆桌，上面是《生活》《瞭望》和《科学美国人》杂志。

卡斯特韦特太太带他们走过棕色地毯，坐在靠背长椅上；大伙入座时，卡斯特韦特先生捧着小盘子进来了，盘子上有四杯满溢的粉红色鸡尾酒。老先生盯着杯缘，碎步走过地毯，生怕下一步会被绊倒狠狠摔上一跤。“我好像倒太满了，”他说，“不用，不用，别站起来，拜托。通常我会跟酒保一样，分量调得刚刚好，对吧，米妮？”

卡斯特韦特太太说：“小心地毯就对了。”

老先生挨过来接着说："可是今晚我有点调太多了，我不想把剩下的留在搅拌机里，我还以为……好了，请坐。伍德豪斯太太，请。"

罗斯玛丽拿起一杯酒，谢过老先生后坐下。卡斯特韦特太太很快在她腿上放了一张小餐巾纸。

"伍德豪斯先生，这是伏特加鸡尾酒，你有没有喝过？"

"没有。"凯端起酒坐下。

"米妮。"卡斯特韦特先生说。

"看起来很好喝。"罗斯玛丽粲然笑着，一边擦拭杯底。

"这在澳洲很流行。"卡斯特韦特先生说着拿起最后一杯，对罗斯玛丽和凯举杯。"敬我们的客人，欢迎光临寒舍。"老先生喝了口酒，品评似的扬起头把一只眼凑近杯子，结果盘子上的酒都洒到地毯上了。

酒刚吞到一半的老太太呛着指说："地毯啦！"

老先生低头一看："哎哟，糟糕。"然后慢手慢脚地把盘子托平。

老太太忙将自己的饮料推到一旁，匆匆一跪，小心翼翼地将纸巾铺到打湿的地毯上，咕哝说："全新的地毯，全新的地毯哪，这个人怎么那么笨手笨脚！"

伏特加鸡尾酒十分爽口美味。

"你是从澳洲来的吗？"等地毯清好，盘子送回厨房，卡斯特韦特夫妇坐到直背椅上后，罗斯玛丽问。

"不是。"老先生说，"我是纽约人，但我去过澳洲，其实所有地方我都跑遍了。"他啜着酒，交迭双腿，一手放在膝上。他穿着带流苏的黑色便鞋、灰色休闲裤、白上衣和蓝金色条纹的宽领带。“每个大洲，每个国家，每个大城市，只要说得出名字，我都去过，说吧，说个地点。”

凯说：“阿拉斯加的费尔班克斯。”

“去过。”卡斯特韦特先生说，“我跑遍整个阿拉斯加，费尔班克斯、朱诺、安克雷奇、诺姆、苏厄德；一九三八年时，我在那边待过四个月。我去远东旅行时，常在费尔班克斯及安克雷奇住一天，我也去过阿拉斯加的小镇，如迪灵汉和阿库卢拉克。”

“那你们是打哪儿来的？”卡斯特韦特太太将洋装胸口的褶子抚平，问道。

“我来自奥马哈，”罗斯玛丽说，“凯则是巴尔的摩。”

“奥马哈是个好都市，”卡斯特韦特先生说，“巴尔的摩也是。”

“你是因为做生意才去旅行吗？”罗斯玛丽问道。

“出差跟出游两者都有。”他说，“我七十九岁了，从十岁起就到处跑，随便说个地方，我都去过。”

“做什么生意？”凯问。

“几乎什么生意都做。”卡斯特韦特先生表示，“羊毛、糖、玩具、机器零件、海险、油……”

厨房里传来一声铃响：“牛排好了，”卡斯特韦特太太拿着酒杯站起来说，“别急着把酒喝完，一起带上桌吧。罗曼，你去吃药。”

“十月三日就会结束了，”卡斯特韦特先生说，“就在教皇抵达这里的前一天，因为没有教皇会去拜访一个报业罢工的地方。”

“我听电视上说，他会延后行程，等罢工结束。”老太太表示。

凯笑说：“那也算是一种演艺事业吧。”

卡斯特韦特夫妇闻言大笑，凯也跟着哄笑。罗斯玛丽笑吟吟地切着干涩无汁的过熟牛排，佐以豆子、马铃薯泥和面粉勾芡太多的肉酱。

卡斯特韦特先生止不住笑地说：“一点都没错，你很内行！正是那样：演艺事业！”

“我完全同意。”凯说。

“有服装、仪式。”卡斯特韦特先生说，“不仅是天主教，每种宗教都是无知者的盛会。”

卡斯特韦特太太表示：“罗斯玛丽会不高兴吧。”

“不会，一点都不会。”罗斯玛丽说。

“你没信教吗，亲爱的？”老先生问。

“我家从小信教，”罗斯玛丽说，“但现在我是不可知论者。我不会不高兴，真的不会。”

“那你呢，凯？”卡斯特韦特先生问，“你也是不可知论者吗？”

“算是吧。”凯答道，“我觉得每个人都应该是，我的意思是，无论信或不信，都没有确切的证据，不是吗？”

“是的，是没证据。”卡斯特韦特先生说。

卡斯特韦特太太仔细打量罗斯玛丽说：“刚才我们笑凯开的教皇玩笑时，你好像不太自在。”

“他毕竟是教皇。”罗斯玛丽说，“我从小就崇敬他，现在也是，即使我不再认为他有那么神圣。”

“你若不认为他是圣人，应该根本不会尊敬他，”卡斯特韦特先生说，“因为他到处骗人，假装自己是圣人。”

“说得好。”凯赞道。

“想想看，他们在袍子跟珠宝上花了多少钱。”卡斯特韦特太太说。

“《路德》这部戏就道出了宗教组织的伪善。”卡斯特韦特先生说，“你有没有演过主角，凯？”

“我吗？没有。”凯答道。

“你不是阿尔伯特·芬尼[1]的替补演员吗？”老先生问。

“不是。”凯说，“演威南的那个家伙才是，我只负责两个小角色而已。”

“那就怪了，”老先生说，“我还以为你是他的替补演员呢，记得你有个动作感动了我，所以我还查了一下节目表，看你是谁呢。我发誓你被列为芬尼的替补演员。”

“你指的是哪个动作？”凯问。

“我现在不是很确定，是你的……”

“以前路德身体不适时，我会本能地伸出手臂……”

“没错，”卡斯特韦特说，“我指的就是那个，请恕我这么说，相对于芬尼先生的表演，你的动作有种美好的真诚。”

“你太客气了。”凯说。

---

① Albert Finney，英国知名演员，曾经五度入围奥斯卡金像奖。

“我觉得芬尼的表演实在被过誉了。”卡斯特韦特先生说，“我非常好奇，想看看你会怎么演那个角色。”

凯大笑说：“我也是。”然后两眼发光地瞄向罗斯玛丽。她回笑着，凯的开心也感染了她，以后晚上跟“老爹老妈合家欢”聊天，大概可以不必再经过他批准了。不对，是“一家欢”。

“家父是舞台剧制作人。”卡斯特韦特先生说，“我小时候都与戏剧圈的人为伍，像是菲斯克夫人、福布斯·罗伯森、奥蒂斯·斯金纳和莫杰斯卡[①]，因此我会去观察一个演员演技以外的东西。你有一种非常特殊的气质，凯，从你的电视作品中就看得出来，应该能让你大红大紫才对；当然了，你得先得到一些‘突破’的机会，即使最伟大的演员也需要机缘。你现在有戏要拍吗？”

“我正在争取两个角色。”凯说。

“我无法相信你会争取不到。”卡斯特韦特先生说。

“我会争取到的。”凯表示。

卡斯特韦特先生凝视着他：“你是说真的吗？”他问。

甜点是自制的波士顿鲜奶派，虽然比过熟的牛排和蔬菜略美味，但罗斯玛丽觉得有股诡异的甜味。然而凯却由衷地赞美，还吃了第二片，罗斯玛丽觉得他只是在演戏，回报对方的赞许罢了。

晚餐后，罗斯玛丽主动表示帮忙，卡斯特韦特太太立即接受，两个女人一起清理餐桌，凯和老先生则转战客厅。

---

① Mrs. Fiske、Forbes Robertson、Otis Skinner、Modjeska，以上皆为知名演员。

大厅旁的厨房原本就很小，加上挤进特里提过的迷你花房，便显得更逼仄。花房约三英尺长，放在窗边的白色大桌上，以蛇管灯近照着，明亮的灯泡映在玻璃上，反射出刺眼的强光，透明度尽失。厨房剩余的空间中挤放着水槽、炉子和冰箱，高处则四处装着柜子。罗斯玛丽跟在老太太身边辛勤地擦着碗盘，并暗自窃喜自己的厨房大多了，而且有整齐优雅的设备。“特里跟我提过小花房的事。”她说。

“嗯，”老太太答道，“那是个很好的嗜好，你也应该种点花草。”

“我希望将来能拥有一座香草花园。”罗斯玛丽说，“当然得到市郊才行，如果凯能出演电影，我们一定会把握机会搬到洛杉矶。我是个不折不扣的乡下女孩。”

“你来自大家庭吗？”卡斯特韦特太太问。

“是的，”罗斯玛丽说，“我有三位哥哥两个姐姐，我是老幺。”

“你姐姐结婚了吗？”

“嗯，都结了。”

卡斯特韦特太太拿着沾了肥皂的海绵在玻璃杯里上下刷洗：“她们有小孩吗？”

“一位生了两个，另一位有四个。”罗斯玛丽说，“至少那是我最后一次听到的数目，搞不好现在有三个和五个了。”

“对你来说是好兆头。”老太太依旧温吞彻底地洗着杯子说，“假如你姐姐生了一堆孩子，你很可能也会，那是会遗传的。”

“噢，我们生小孩没问题。”罗斯玛丽手拿毛巾等着接杯子，

“我哥哥埃迪已经生八个了，他才二十六岁。”

“我的天！”老太太说完把杯子冲净交给罗斯玛丽。

“我总共有二十个侄子外甥女，”罗斯玛丽说，“有半数我都还没见过。”

“难道你不会偶尔回去吗？”卡斯特韦特太太问。

“不会。”罗斯玛丽答道，“我跟家人处不好，只有一个哥哥例外，他们觉得我是家里的害群之马。”

“哦？为什么会那样？”

“因为凯不是天主教徒，而且我们也没在教堂结婚。”

“哼，”卡斯特韦特太太说，“信教的人就是爱大惊小怪，那是他们的损失，不是你的，千万别放在心上。”

“说比做容易。”罗斯玛丽将玻璃杯放到架上，“要不要我来洗，换你来擦？”

“不用了，这样就好，亲爱的。”卡斯特韦特太太说。

罗斯玛丽看向门外，仅看得到客厅一端的桥牌桌和档案柜；凯和卡斯特韦特先生在另一端，蓝色的烟气定定地悬在空中。

“罗斯玛丽？”

她扭过头，卡斯特韦特太太满面笑容地用戴着绿色橡胶手套的手，递上一只湿淋淋的盘子。

她们花了将近一个小时，才把锅碗瓢盆和银器洗完，不过罗斯玛丽觉得自己不用半小时便能独自完成。当她和老太太走出厨房到客厅时，凯和卡斯特韦特先生正面对面地坐在长椅上，老先生不断用食指点掌心强调着。

“好啦，罗曼，你别再拿莫杰斯卡的故事去烦凯了。”老太太说，“人家是基于礼貌才听的。”

“一点也不会，故事很有趣，卡斯特韦特太太。”凯说。

“你看吧？”老先生说。

“叫我米妮，”老太太对凯说，“我是米妮，他呢，叫罗曼，行吗？”她假装生气地看着罗斯玛丽说：“行吗？”

凯大笑道：“行行行，米妮。”

他们聊着古尔德、布鲁恩家，以及杜宾和德沃尔；谈特里的海军哥哥，原来他住进西贡的民间医院了；以及老先生正在读的肯尼迪刺杀报告——“沃伦报告”[①]。罗斯玛丽坐在直背椅上，觉得十分格格不入，仿佛刚刚认识的卡斯特韦特夫妇才是凯的老友。“你觉得是阴谋吗？”卡斯特韦特先生问她说，罗斯玛丽尴尬地响应着，知道贴心的男主人想让状况外的客人参与谈话。罗斯玛丽找了借口，循着老太太的指示来到浴室，里面有印着印花和“贵宾用”纸毛巾，还有一本有点难笑的《厕所笑话集》。

他们在十点半离去，说道：“再见，罗曼。”“谢谢你，米妮。”并热情地握手，表示以后晚上一定常聚。罗斯玛丽完全出于客套，两人一绕过走廊转角，听到身后的关门声，罗斯玛丽便松了口气，看到凯也一样时，便对着他开心地咧嘴笑了。

“罗曼呀，”凯搞笑地抬着眉说，“别再拿莫杰斯卡的故事去烦

① Warren Report，肯尼迪被刺后，当时的德州州长约翰·康纳利所提交的报告。

凯了！”

罗斯玛丽哈哈笑着要他安静，两人携手蹑足地冲回家门口，开锁进屋，用力关门上锁挂好门闩链子，接着凯还加上三条想象的桁条，推来三颗巨石，架上吊桥，然后擦额喘气，罗斯玛丽早已在一旁捂住脸，笑弯了腰。

“还有那个牛排。”凯说。

“哎哟，我的妈呀！”罗斯玛丽说，“那个派，你居然吃了两片？味道太怪了！”

“亲爱的，”凯说，“那是一种勇气与自我牺牲的表现，我告诉自己：‘是的，神啊，我敢打赌，老太太这辈子一定不曾有人跟她要过第二盘食物！’所以，我就要了第二块了。”他悲壮地挥着手，“现在我再次感觉到那股豪情了。”

他们走进卧室：“她还种香草和香料呢，”罗斯玛丽说，“等香草长成后，她就会把它们扔出窗外。”

“嘘，小心隔墙有耳。”凯说，“嘿，你觉得他们家的银器如何？”

“很好笑对不对？”罗斯玛丽在地上扭着脚把鞋脱掉，“只有三个餐盘是搭的，但他们竟然有那么漂亮的银器。”

“我们对他们好一点，说不定他们死后会把银器留给我们。”

“不用对他们好，银器自己买。你有没有去过浴室？”

“他们家的吗？没有。”

“猜猜看浴室里有什么？”

“坐浴盆吗？”

“不对，有一本《厕所笑话集》。”

“不会吧。”

罗斯玛丽褪掉身上的洋装：“书就挂在马桶旁边的钩子上。”

凯笑着摇头，开始解下袖扣，站到大衣柜旁。“不过罗曼的故事倒是相当精彩有趣。”他说，“我从没听过福布斯·罗伯森，但他是罗曼他们那个年代的大明星。”他挣扎地解着第二个袖扣，“明晚我还要过去听其他故事。”

罗斯玛丽惊慌地看着他问：“你要过去？”

“是啊，”他说，“罗曼邀请我的。”凯对她伸出手，“你能帮我解吗？”

罗斯玛丽走过去帮忙解袖扣，突然觉得失落。“我还以为我们要去找吉米与泰格尔。”她说。

“有说定吗？”他直视她问，“我还以为我们只是要先打电话过去问。”

“是没有说定。”她说。

凯耸耸肩：“那我们就星期三或四去见他们。”

罗斯玛丽解下袖扣拿在手心里，凯接过说：“谢谢你。你若不想去，不必一起来，你可以待在家里。”

“我想我大概会待在家里。”罗斯玛丽走到床边坐下。

“他也认识亨利·欧文[①]。”凯说，“真是太有意思了。”

罗斯玛丽脱掉长袜，说道：“他们为什么要把那些照片拿掉。”

---

① Henry Irving，英国知名莎剧演员。

“你这话什么意思？”

“他们把家里的照片全拿下来了。客厅跟通到浴室的走廊墙上有钩子和几块泛白的地方，而挂在壁炉架上的那张照片并不是原来的，因为两旁各有两英寸泛白的印迹。”

凯看着她说：“我没注意到。”

“还有，他们干吗把那些档案跟东西放在客厅里？”她问。

“这点罗曼跟我说过。”凯脱掉衬衫，“他办了一份遍布全世界的集邮者刊物，所以他们才会有那么多国外邮件。”

“话虽如此，但为何要放在客厅？”罗斯玛丽说，“他们还有三四个其他房间，房间门全都关着，他为何不利用其中一间？”

凯拿着衬衫走向她，用指尖压住她的鼻子说：“你比米妮更爱东嗅西闻了。”然后给她一个飞吻，径自走入浴室。

十或十五分钟后，罗斯玛丽在厨房煮水泡咖啡时，腹中一阵绞痛，这是她来月经前的征兆。她单手撑住炉子一角，放松身体让腹痛撑过去，然后才失望怅然地拿出咖啡滤纸。

她已经二十四岁了，他们想生三个间隔两岁的孩子；但凯“还没做好准备”，除非能爬到马龙·白兰度和理查德·伯顿两位巨星加起来的地位，否则凯恐怕永远不打算生了。难道他不了解自己有多么英俊，多么有才华，必能大红大紫吗？罗斯玛丽本想“意外”怀孕，找理由说避孕药会让她头疼，又讨厌橡胶制的避孕套。凯说她潜意识里，仍是个虔诚的天主教徒，她大声抗议。凯只好仔细研究日历，避开“危险期”，罗斯玛丽就骗他说：“不会的，今天很安全，亲爱的，我有把握。”

然而这个月，凯再次赢得这场他浑然不知的竞赛，罗斯玛丽又输了。“妈的！”她将咖啡罐重重放到炉子上，凯在小屋里喊道：“怎么了？”

“我撞到手肘了！”她回说。

至少她知道今晚自己为何会这么沮丧了。

真是去他妈的！如果他们只是同居而没结婚，她一定已经怀孕不下五十次了！

第七章

第二天晚上吃过饭，凯跑去卡斯特韦特家。罗斯玛丽将厨房整理干净，正考虑要去做窗框的垫子还是到床上阅读《应许之地的男孩》[1]时，门铃响了。是卡斯特韦特太太，旁边还带了一位满面笑容的矮胖女人。女人的绿洋装肩上，有个巴克利竞选市长的纽扣。

“嗨，亲爱的，我们没打扰到你吧？”罗斯玛丽开门时，卡斯特韦特太太问。“这是我的好友劳拉·路易斯·麦勃尼，住在十二

---

① *Manchild in The Promised Land*，克劳·布朗（Claude Brown）的自传小说。

楼。劳拉，这位是凯的太太罗斯玛丽。”

“你好，罗斯玛丽！欢迎搬到布拉德福德大厦！”

“劳拉刚刚在我们家见到凯，她也想见见你，所以我们就过来了。凯说你在家闲着，我们可以进来吗？”

罗斯玛丽只好客气地请她们进客厅。

“噢，你们买新椅子啦。”卡斯特韦特太太说，“好漂亮！”

“今早才送到的。”罗斯玛丽说。

“你没事吧，亲爱的？你看起来好像很累。”

“我没事。”罗斯玛丽笑道，“我今天月经第一天。”

“你可以起床到处走动吗？”劳拉坐下来问，“我月经前几天痛经得厉害，根本无法动弹或吃东西，或做任何事。丹尼得让我用吸管喝杜松子酒止痛，当时我们可是滴酒不沾，只有大姨妈来时例外。”

“现在的女生比我们当年勇敢多了，”卡斯特韦特太太也坐下来说：“因为有各种维生素和更好的医疗条件，她们比我们健康多了。”

两个女人带了一模一样的绿色缝纫袋，罗斯玛丽诧异地看着她们打开袋子，拿出钩针（劳拉）和缝补针（卡斯特韦特太太），一副准备耗在这里织东西闲聊天的样子。“那边那个是什么？”卡斯特韦特太太问，“椅罩吗？”

“是窗框垫子。”罗斯玛丽心想，好吧，我也来。她走过去拿起垫子，回来加入战局。

劳拉说：“你们真的把公寓改动很多，罗斯玛丽。”

“噢，趁我还没忘记。”卡斯特韦特太太说，“这是罗曼和我送你的。”她在罗斯玛丽手里塞了一小包粉红色纸巾，里头有个硬物。

“送我的？”罗斯玛丽问，“我不明白。”

“只是乔迁之喜的小礼物而已。”卡斯特韦特太太很快地挥挥手，不理会罗斯玛丽的问题。

“但你们没理由送……”罗斯玛丽打开用过的粉红色纸巾，里面是特里的银丝球护身符和搅成一团的项链，球内填充物的气味逼得罗斯玛丽扭开头去。

“东西很旧了，”卡斯特韦特太太说，“超过三百年了。”

“好漂亮。”罗斯玛丽盯着银丝球，不知该不该说出特里曾拿给她看过，但时机稍纵即逝。

“里面的绿草叫单宁根。”卡斯特韦特太太说，“可以带来好运。”

对特里则不然，罗斯玛丽心想。“好漂亮，但我们不能拿这么贵……”

“你已经拿了，”卡斯特韦特太太织着棕色袜子，眼都不抬地说，“戴上吧。”

劳拉说：“你很快就会适应那个味道了。”

“戴呀。”卡斯特韦特太太说。

“嗯，谢谢。”罗斯玛丽犹疑地把链子套过头顶，将银丝球塞到领口下，项链贴在胸上凉着，让人很不舒服。等她们一走我就摘掉。

劳拉说：“这是我们一位朋友手工打造的项链，他是个退休牙医，喜爱做金银饰品，我想不久你一定会在米妮和罗曼家遇见他，因为他们家很好客，说不定你会认识他们所有的朋友，呃，我们所有的朋友。”

罗斯玛丽从椅垫上抬眼，看到劳拉因最后一时口误，尴尬地红了一下脸。米妮则毫不知情地忙着织袜。劳拉笑了笑，罗斯玛丽也回应地笑着。

“你会自己做衣服吗？”劳拉问。

“不会。”罗斯玛丽顺势改变话题说，“我偶尔会试着做，但都做不好。”

结果今晚过得相当愉快，米妮谈着她在俄克拉何马的儿时趣事，劳拉教罗斯玛丽两种便捷的针法，并热心解释保守党市长候选人巴克利虽不被看好，但应该能赢得选举。

十一点钟，凯回到家中，安静内敛得异常。他跟两位女士打招呼后，走到罗斯玛丽的椅边，弯身亲吻她的脸颊。米妮说：“已经十一点了？我的天！走了吧，劳拉。”劳拉说：“你随时可以来找我，罗斯玛丽，我住在 12F。”两位女士收拾着缝纫袋，很快离开了。

“罗曼的故事跟昨晚的一样精彩吗？”罗斯玛丽问。

“是的。”凯说，“你玩得还好吗？”

“还行，我把一些工作做完了。”

“我看到了。”

“而且还收到一份礼物。”

罗斯玛丽将符坠拿给他看：“这原本是特里的。他们送给她，特里给我看过，一定是警方把它还回来了。”

“也许她根本没戴。”凯说。

“她戴，特里很以它为荣，仿佛那是生平收到的第一份礼物。”罗斯玛丽取下项链，将项链和符坠放在掌心里把玩观察。

“你不戴吗？”凯问。

“有臭味。”她说：“里头有种叫‘单宁根’的东西。”她将手一递，“从那个著名的花房来的。”

凯闻了闻，耸耸肩说：“不难闻。”

罗斯玛丽走进卧室，打开化妆台的抽屉，里头有个锡制的巧克力盒，里头装满各种零碎的小东西。“单宁根，有谁想戴？”她询问镜子里的自己，然后把项链放入盒里盖上，关起抽屉。

凯站在门口说：“你若收了礼，就应该戴上。”

当晚罗斯玛丽醒来，发现凯坐在黑暗里抽烟。她问凯怎么了，凯答说：“没事，只是有点失眠。”

罗斯玛丽觉得也许是罗曼提及过去的明星，让他感慨怀才不遇。凯会再去听故事，也许是某种受虐心态作祟。

她搭住凯的手臂，叫他别担心。

“别担心什么？”

“所有的一切。”

“好，”他说，“我不担心就是了。”

“你是最棒的，”她说，“你知道吗？你真的很厉害，一切都会如愿的，将来你得去学空手道，才能甩掉那些摄影师。”

他在燃亮的烟光中笑了。

罗斯玛丽说：“你很快就会有机会大红大紫了。”

“我知道。”他说，“去睡吧，亲爱的。”

“好，小心烟。”

“我会的。”

“你若睡不着，就把我叫醒。”

“好。”

“我爱你。”

“我也爱你，亲爱的。”

一两天后，凯带了两张周六晚上《异想天开》[1]的门票回家，说是声乐教练多米尼克给的票。凯在多年前初演时看过了，罗斯玛丽一直很想看这出戏。“跟哈奇去看吧，”凯说，“我可以趁机练习《盲女惊魂记》[2]的戏。”

可是哈奇也看过了，因此罗斯玛丽约了琼·杰利科同行。两人在餐厅吃饭时，琼跟她坦承要跟迪克分居，两人除了住址相同，已无任何共通之处可言。罗斯玛丽听了消息十分难过，因为凯这些日子十分冷漠且心不在焉，有心事却不愿分享。琼和迪克的疏远是否一开始也是这样？她对琼越来越不耐烦，她妆化得太浓，在小剧场里鼓掌又太大声，难怪她和迪克会没有共通点；她聒噪粗俗，迪克内敛敏锐，一开始就不该结婚。

罗斯玛丽回家时，凯刚好从淋浴间出来，有着一周以来难得的好心情，罗斯玛丽也跟着开心，告诉他戏比预期的好看，坏消

---

① *The Fantasticks*，音乐剧。

② *Wait Until Dark*，经典惊悚电影。

息是，琼和迪克要分居了，他们其实是很不同的人，不是吗？《盲女惊魂记》练得如何了？很好，他都练熟了。

“单宁根臭死了。”罗斯玛丽说，整间卧室飘着一股刺鼻难闻的味道，她从厨房拿了一片锡箔纸，在符坠上紧紧缠了三层，再把纸端扭封起来。

“也许过几天味道就没那么强了。”凯说。

“这样好多了。”罗斯玛丽在空中喷洒空气清新剂说，“如果味道再不散，我就把它扔掉，然后告诉米妮说我不小心搞丢了。”

二人鸳梦重温了一番，凯十分狂野热情，稍后罗斯玛丽隔着墙，听到米妮和罗曼在家中举行派对，并听到跟上回相同的单调唱诵，几乎像在念经一样，以及同样夹奏其间的笛音或黑管。

凯的好心情延续了整个星期天，他兴致勃勃地在卧房橱柜里做架子和鞋架，并邀请一票《路德》的工作伙伴到家中吃“伍记”蘑菇鸡片。星期一，凯帮架子和鞋架上漆，并将罗斯玛丽在二手店找到的长椅染了色。他取消与多米尼克的课，整日紧盯电话，每次第一记铃声还未响完，便已接起电话。下午三点，电话再次响起，正在客厅尝试各种椅子摆设方式的罗斯玛丽听到他说：“噢，天啊，真是的，唉，可怜的家伙。”

罗斯玛丽走到卧室门口。

“唉，天啊。”凯说。

他坐在床上，一手拿着电话，一手握住脱漆剂，没理会罗斯玛丽。“他们都不知道是什么原因造成的吗？”他说，“我的天，太可怕，太可怕了。”凯听着电话，然后坐直身体。“是的，我可以。”他又说，“是的，我愿意，我很不想用这种方式得到，可是我……”他又仔细聆听，“那方面的事你得跟艾伦谈，”艾伦·斯通是凯的经纪人。“不过就我们所知，应该不会有什么问题，魏斯先生。”

他逮到大机会了。罗斯玛丽屏息等待。

“谢谢你，魏斯先生。”凯说，“若有任何消息，能麻烦你让我知道好吗？谢谢。”

凯挂掉电话，闭上眼睛静静坐着，一手仍放在电话上。他面色苍白，静坐不动，像穿了衣服，拿着真实道具：电话和一罐脱漆剂的蜡像。

“凯？”罗斯玛丽喊着。

他张开眼睛看着她。

“怎么回事？”她问。

他眨眨眼，回过神。“唐纳德·鲍姆加特眼睛瞎了，他昨天一睡醒就看不见了。”

“不会吧。”罗斯玛丽说。

“他今早想上吊自杀，现在人在贝尔维尤医院，已经打了镇定剂。”

两人难过地面面相觑。

“我拿到那个角色了。”凯说，“真是糟糕至极的方式。”他看着手里的脱漆剂，将罐子放到床头柜上。“我得出门走一走。”他站起来，“对不起，我得出去慢慢消化一下这件事。”

“我能理解，你去吧。”罗斯玛丽说着从门边退开。

凯穿过走廊出门，门在他身后轻声地慢慢扣上。

罗斯玛丽走进客厅，想到可怜的唐纳德·鲍姆加特和幸运的凯；幸运的她和凯，有了好角色，凯便能引起注意，即使戏演完了，仍会有其他机会接踵而至，甚至演电影，到洛杉矶买间房子，拥有香草花园，生三个间隔两岁的孩子。可怜的唐纳德·鲍姆加特，还有他那个没改掉的烂名字，这名演员一定很厉害，才能击败凯，可是现在却瞎了，还自杀未遂，被打镇定剂，住进了贝尔维尤医院。

罗斯玛丽跪到窗框上，从飘窗一侧望着远处底下的大厦入口，等着看凯走出来。不知他何时要开始排练？她一定要陪他出城，绝对会很好玩！去波士顿？费城？华盛顿也不错，她从未去过。凯下午排戏时，她可以出门游玩；晚上演出完毕后，大家可以到餐厅或俱乐部聚会，聊八卦，交换传闻……

她张望着等候，却不见凯出门，他一定是从五十五街的那扇门出去了。

本该非常开心的凯，竟定定地坐着，显得阴沉而烦乱，除了拿烟的手和一对眸子外，几乎不动。他紧张地盯着在公寓中走动的罗斯玛丽，仿佛她有危险。“你哪里不对劲？”她问了不下十几遍。

“没事。”他说，“你今天不是有雕塑课吗？”

“我已经两个月没去上了。”

“你何不去上堂课？”

于是她去了；把旧的黏土拆掉，支起骨架，夹在一堆新学生中，重新为新模特儿塑像。“你跑去哪儿了？”戴眼镜长喉结的老师盯紧模特儿，手下忙着捏塑缩小版的模型问。

“去桑给巴尔。”她说。

“现在不叫桑给巴尔了，”老师紧张地笑了笑，“改叫坦桑尼亚。”

某天下午，罗斯玛丽到梅西及金贝尔商场买东西，回家时，厨房和客厅里都摆了玫瑰。凯拿着一朵玫瑰从卧室走出来，露出“原谅我”的笑容，表情跟他以前读《可爱的小鸟》中查恩斯·韦恩一角时一样。

“我是个卑鄙小人。”他说，“我一心祈求鲍姆加特不要恢复视力，我真是可耻。”

“那是很自然的事，”罗斯玛丽说，“你一定觉得很矛盾……”

“听我说，”凯将玫瑰递到她鼻尖，“即使这件事情没成，即使我后半辈子只能演小角色，我也不会再亏待你。”

“你并没有……”

“我有，我一直忙着我的事业，根本没顾虑到你的需求。我们生个孩子吧，生三个，一次一个。”

她看着凯。

“生个宝宝，”他说，“会咿咿呀呀发声的宝宝，尿布啊什么的，好吗？”

“你是说真的吗？”她问。

“当然是说真的，”凯表示，“我甚至挑好最适当的时间了，下周一和周二，麻烦你在日历上画个红圈。”

“你真的想生吗，凯？”她含泪问道。

“不想，我是在开玩笑的。”他说，“我当然想生了。罗斯玛丽，拜托你别哭了好吗？求求你，你一哭我就难过，别再哭了好吗？”

“好，”她说，“我不哭就是了。”

“我真的买了很多玫瑰，对吧？”他开心地环视四周说，“卧室里还有一大把。”

第八章

罗斯玛丽到上百老汇区买旗鱼排，然后穿过城中，到列克星敦大道买奶酪；倒不是因为她无法在同一区找到旗鱼排和奶酪，而是因为在这明朗舒适的早晨，她想踏遍全城，用轻捷的脚步让外套飞扬，用美貌吸引人们的目光，用精准明确的指示，让难搞的店员对她另眼相看。今天是十月四日星期一，教皇保罗造访纽约的日子，此事令人们变得比平日开心而乐于沟通；真好，罗斯玛丽心想，在我如此开心的日子里，整座城市也跟着欢天喜地。

下午罗斯玛丽看着电视跟随教皇的足迹，她从小房间（不久就要变成婴儿房了）的墙上，将电视移出来调好角度，以便在厨房准备鱼排、蔬菜和沙拉时，能一边看着电视。教皇在联合国的演讲令她十分感动，罗斯玛丽相信这能缓和越战的情势。“永不兴战。”教皇说。教皇的话应能制止那些最冥顽的政客吧？

四点半，罗斯玛丽在壁炉前摆设餐桌时，电话响了。

“罗斯玛丽吗？你好吗？”

“很好啊，”她说，“你呢？”来电的是她大姐玛格丽特。

“我也很好。”玛格丽特说，“你在哪里？”

“奥马哈。”

她们姐妹从来不对路子，玛格丽特是个阴沉多怨的女孩，一天到晚受妈妈差使照顾弟妹，她会打电话来委实诡异，诡异到令人害怕。

“大家都还好吧？”罗斯玛丽问，心想大概有人去世了，会是谁？老妈，老爸，还是布莱恩？

“都好，大家都好。”

“真的吗？”

“是啊。你呢？”

“我很好，我刚刚说过了。”

“罗斯玛丽，我今天一整天心神不宁，觉得你好像出了意外或什么，好像受了伤，也许住院了。”

“呃，我没有。”罗斯玛丽大笑说，“我很好，真的很好。”

“那感觉好强烈，”玛格丽特说，“我很确定你真的出事了，后来吉恩叫我干脆打电话问清楚。”

“吉恩还好吗？”

“很好。”

“孩子们呢？”

“噢，还不是打打闹闹的，不过他们也都很好，你知道我又怀孕了吧。”

“不，我不知道。太好了，什么时候生？”我们不久也要生了。

“三月底。你老公如何，罗斯玛丽？”

“他很好，刚拿到一部新戏的重要角色，很快就要排练了。”

“你有没有看到教皇？”玛格丽特说，“那边的人一定非常兴奋吧。”

“是呀。”罗斯玛丽说，“我一直在看电视，奥马哈那边也一样吗？”

“你不是看本人吗？你没出门看他本人？”

“没有。”

“真的假的？”

“真的。”

“不是我说你，罗斯玛丽。”玛格丽特说，“你知道老爸老妈本来打算搭飞机过去看他吗？但他们没法去，因为有罢工投票，老爸得支持罢工。不过很多人真的都飞过去了；多诺万、多特和桑迪·沃林福德都去了；而你就住在纽约，竟然没出门去看教皇？”

“现在宗教对我的意义，不像在老家时那么大了。”罗斯玛丽说。

玛格丽特回道：“嗯，我猜这也是无可避免的。”罗斯玛丽听出了姐姐的弦外之音：因为你嫁给了新教徒。她说：“你能打电话来真好，玛格丽特，你不用担心，我从没像现在这么健康快乐过。”

“但那感觉好强烈，”玛格丽特说，“从我醒来的那一刻开始，我太习惯照顾你们这些小家伙了……”

“帮我跟大家问好，可以吗？还有叫布莱恩回我的信。”

“我会的。罗斯玛丽……”

“怎么了？”

“我还是觉得不对劲，你今晚乖乖待在家里好吗？”

“我们正打算那么做，”罗斯玛丽望着摆设一半的桌子。

“很好，”玛格丽特说，“好好照顾自己。”

“我会的。”罗斯玛丽表示，“你也是，玛格丽特。”

“好的，再见。”

“再见。”

她回头摆桌子，悲喜参半地想着玛格丽特、布莱恩和其他兄弟姐妹，回想奥马哈和无法挽回的往昔。

桌子摆好后，罗斯玛丽泡了澡，然后扑粉洒香水，装扮自己的眼睛、嘴唇和头发，然后穿上去年圣诞节凯送她的酒红色丝质睡衣。

凯回家晚了，六点后才到。他吻了吻罗斯玛丽：“嗯，你看起来很可口，能吃吗？妈的！”

“怎么了？”

“我忘记买派了。”

凯叫罗斯玛丽别做甜点，他会带他最爱的霍恩与哈达特南瓜派回家。

“我真该死。”他说，“我经过两间卖点心的零售店；不是一间，而是两间。”

“没关系，”罗斯玛丽答道，“我们可以吃水果和奶酪，那才是最棒的点心。”

“非也，霍恩与哈达特的南瓜派才是。”

凯进浴室洗手，罗斯玛丽将一盘镶蘑菇放入烤箱，然后去调沙拉酱。

几分钟后凯来到厨房门口，解开蓝色丝绒衬衫纽扣，他眼神炯亮，有些躁乱，就像他们首度同床共眠，不知道接下来会发生什么事一样。看到他那模样，罗斯玛丽很是开心。

“你的教皇朋友今天害得交通大堵塞。”他说。

“你有看电视吗？”她问，“电视报道得非常详实。”

“我在艾伦家看了一下，”他说，“冰箱里有杯子吗？”

“有。教皇在联合国的演说很精彩，他说‘永不兴战’。”

“祝他好运。嘿，那些菜看起来很棒。”

他们在客厅里吃菜和镶蘑菇，凯把发皱的报纸及木柴放进壁炉，外加两大块烛煤[①]。“我要试着点火了。”凯擦了根火柴，点燃报纸，火焰窜扬，木柴燃烧，黑烟开始飘出壁炉架，盘向天花板。“我的妈呀，”凯连忙往壁炉里摸索，“油漆，快把油漆拿开！”罗斯玛丽大叫。

---

① cannel coal，一种沥青或均匀紧密细粒构造的次沥青炭。

凯打开排烟管，接着扭开空调，对准黑烟，把烟抽掉。

“今晚没有别人家在生火。”凯说。

罗斯玛丽拿着酒跪下来，望着火焰包绕的煤炭说：“好棒，不是吗？但愿我们能有八十年来最冷的一次寒冬。”

凯放了埃拉·菲茨杰拉德[①]唱的科尔·波特[②]。

两人旗鱼吃到一半时，门铃响了。“又怎么了。”凯说着丢下餐巾，起身应门。罗斯玛丽翘首聆听。

门开了，米妮说：“嗨，凯！”接着就不知在说些什么了。唉，不要啊，罗斯玛丽心想，别让她进门，凯，不要现在，今晚不要。

凯回了话，接着又是米妮：“……多的，我们不需要。”换凯说话，然后再换米妮。罗斯玛丽松了口气，听起来她大概不进门了，谢天谢地。

门关妥，上了链子（干得好！），拉起门闩（太好了！）。罗斯玛丽引颈期盼，接着凯得意地晃进拱门，两手背在背后，笑嘻嘻地说：“谁说没有超感应这回事？”他走到桌边，从背后伸出手，掌心里各端着一只白色布丁杯。“夫人和老爷毕竟还是有点心吃了，”他把一个杯子放到罗斯玛丽的酒杯旁，另一只放到自己的杯边。“米妮说这是巧克力慕斯，当然了，是她自己做的，所以吃的时候请小心。”

罗斯玛丽开心地大笑说：“太好了，我本来也打算做的。”

“瞧？”凯坐下来，“这不就是超感应嘛。”他重新铺回餐巾，

---

① Ella Fitzgerald，美国爵士歌手，有“爵士第一夫人”之称。

② Cole Porter，美国名作曲家。

在杯里添酒。

“我好怕她会闯进来待一个晚上。”罗斯玛丽叉起红萝卜说。

“不会的，”凯答道，“她只是要我们试试她的巧克力慕斯，因为这是她的拿手点心之一。”

“看起来很好吃。”

“是啊。”

杯子里旋满堆尖的巧克力，凯的那一份还撒上碎核果，罗斯玛丽的是半个胡桃。

“她真的很可爱。”罗斯玛丽说，“我们不该取笑她。”

“你说得对，”凯表示，“你说得对。”

慕斯相当可口，却有一股让罗斯玛丽想到小学黑板的淡淡粉笔味。凯试过后，认为根本没有“怪味”或粉笔味。罗斯玛丽挖了两口后，便放下汤匙，凯说：“你不把它吃完吗？别傻了，亲爱的，又没有怪味。”

罗斯玛丽坚持说有。

“别这样，”凯说，“人家老太太在炉子边忙了一整天，吃吧。”

“可是我不喜欢。”罗斯玛丽说。

“很好吃的。”

“那给你。”

凯皱着脸：“好，不吃就不吃。”他说，“既然你不肯戴人家送的项链，干脆也别吃她送的甜点。”

罗斯玛丽不解地说：“这事跟那事有什么关系？”

“两件事都表示：你不够厚道，就这样。”凯说，“两分钟前你才说我们不该再取笑她，但收了人家东西又弃而不用，也是一种嘲笑的形式。”

“噢……”罗斯玛丽拿起汤匙，“如果要为此吵架的话……”她舀了一大匙慕斯塞入口中。

“我不会跟你吵架，”凯说，“你若真的受不了就别吃。”

“好好吃。”罗斯玛丽满口慕斯地又吃了一大匙，“一点怪味都没有，去把唱片换个面吧。”

凯起身走到唱机旁，罗斯玛丽把腿上的餐巾纸对折后，将两匙半的慕斯挖到纸巾上，再将纸巾包起来，然后慢慢把杯子刮干净，等凯回桌时，吞完刮下的慕斯。“吃完了，爹地。”她对凯倾着杯子，“能在我的奖励表上贴一颗金星星吗？”

“赏你两颗都行，”他说，“抱歉我那么严厉。”

“没错。”

“对不起。”他笑了笑。

罗斯玛丽的心都融化了：“我原谅你。”她说，“你能顾虑到老太太，表示等我老了，你也会对我贴心。”

两人喝着咖啡和薄荷酒。

“玛格丽特今天下午打电话来。”罗斯玛丽说。

“玛格丽特？”

“我老姐。”

“噢，一切都没事吧？”

“嗯。她担心我出事了，说她有预感。”

“哦？”

“我们今晚待在家里吧。”

“哇咧，我订了奈迪克餐厅的橘厅了。”

“你得去取消预订。”

“为什么你们家都是疯子，独独只有你是正常的？”

第一波晕眩来袭时，罗斯玛丽正将没吃的慕斯从餐巾纸刮到厨房水槽里的排水管。她晃了一会儿，然后眨眨眼，皱起眉。凯在小室里说道：“他还没到场，天啊，群众都疯了。”指的是教皇到扬基球场的事。

“我再一分钟就过来。”罗斯玛丽说。

她甩甩头，抛开那种昏胀的感觉。罗斯玛丽把餐巾卷到桌布内，收进篮子里。她塞住排水管，扭开热水，挤了些清洁剂，把碗盘锅子放入水槽浸泡一晚，等明早再洗。

第二次晕眩时，她正在挂抹布，这波持续得更久，而且房间在四周环绕，她的双腿差点瘫软。罗斯玛丽赶紧扶住水槽边缘。

等晕眩过后，才说：“天啊。”算一算，她喝了两杯杜松子酒、两杯红酒（还是三杯？），还有一杯薄荷酒，难怪会如此。

罗斯玛丽勉强走到小屋门口，一手扶着门把，一手撑在门柱上，让自己在紧接而来的晕眩中站稳。

“怎么了？”凯忧心地站起来问。

“头昏。”她笑说。

凯关掉电视过来拉住她的臂膀，紧紧揽住她的腰。“喝那么多酒，难怪会这样，说不定你还是空腹喝的。”

凯扶她来到卧室，罗斯玛丽脚底一瘫软，凯将她抱起，放到床上，然后坐到她身旁拉住她的手，爱怜地抚着她的额头。罗斯玛丽闭上眼，大床有如漂在微波里的船筏，悦人地轻晃着。“真好。”她说。

“你得睡个觉。”凯抚着她的额头，“好好地睡一晚。”

“我们得生个宝宝。”

“我们会的，明天吧，时间多的是。”

“我们会错过最好的时机。”

“睡吧，好好睡一晚，乖……”

“小睡一下就好。”接着她已拿着酒，坐到肯尼迪总统的游艇上了。天气晴朗，微风轻送，最适合游船。总统正在研究一幅大地图，并简洁扼要地吩咐黑人大副。

凯帮她脱掉了睡衣。“你干吗脱我衣服？”她问。

“让你更舒服些。”他说。

“我已经很舒服了。”

“睡吧，亲爱的。”

凯解开她侧边的扣子，慢慢将睡裤也脱了，他以为罗斯玛丽睡着了，并不知情。此时罗斯玛丽身上除了红色比基尼外，什么都不剩了，但游艇上的其他女子：杰奎琳·肯尼迪、帕特·罗福特、莎拉·丘吉尔，幸好也都穿着比基尼，所以没关系。总统穿着海军制服，已从刺杀事件中复原，看起来前所未有的精神勃发。哈奇站在码头上，抱着一堆气象预测装备。“哈奇不跟我们去吗？”

罗斯玛丽问总统。

“仅限天主教徒。”他笑道，“真希望我们心无成见，可惜我们有。”

“那莎拉·丘吉尔呢？”罗斯玛丽转身指问，但莎拉·丘吉尔已经不见了，取而代之的是罗斯玛丽的家人：老妈、老爸和所有人，大家带着丈夫妻子和小孩。玛格丽特怀孕了，珍、多迪和欧内斯廷也是。

凯正在拔她的婚戒，罗斯玛丽不懂为什么，却累得无力追问。“睡吧。”她说，然后便睡着了。

这是西斯廷教堂首度对外开放，罗斯玛丽搭着新电梯观看天花板，电梯能载着参观者穿越教堂，让大家以米开朗琪罗绘制壁画时的角度赏画。何其壮丽的画作！她看到上帝对亚当伸出手指，赐给他神圣的生命之光；也看到一片用格纹贴纸覆住的架子底侧，因为她正被人扛着，倒穿过壁橱，“小心点，”凯说，另一名男子说：“你把她抬得太高了。”

“台风！”抱着一堆天气预测设备的哈奇在码头上大喊，“有台风！在伦敦死了五十五个人，而且台风正往这边吹来！”罗斯玛丽知道哈奇说得对，她必须警告总统，船只正往灾难航进。

可是总统不见了，所有的人都消失了。大而无当的甲板上空无一人，只有远处的黑人大副掌着舵盘，毅然向前行进。

罗斯玛丽一走到大副身边，便明白他痛恨所有白人，也痛恨她。“你最好到下头去，小姐。”大副虽客气，却讨厌她，甚至无意听她带来的警告。

船下有间大舞厅，一侧是熊熊燃烧的教堂，另一侧是名怒瞪着她的黑须男子。舞厅中央有张床，罗斯玛丽走到床上躺下，突然被十多名裸体男女团团围住，凯也在其中。这些人年纪老迈，女的奇形怪状，肉垮奶垂，米妮和她朋友劳拉也在，罗曼则戴着黑色法冠和丝袍，手拿细细的黑棒，用棒尖蘸着杯中的红色液体，在她身上画符。为罗曼捧杯的是一名留着白须、面目黧黑的男子。棒尖在她腹部来回涂画，并往下绕至她大腿内侧。裸体男女们口中念念有词，用一种单调奇异的音节念诵，还有一根长笛或黑管在一旁伴奏。“她是醒的，她看到了！”凯紧张地瞪大眼睛，悄声对米妮说。“她没看见。”米妮说，“她吃了慕斯，看不着也听不见，就像死了一样。快唱吧。”

杰奎琳·肯尼迪穿着绣上珍珠的美丽象牙白缎袍步入舞厅：“听说你不舒服，我感到很遗憾。”她匆匆赶到罗斯玛丽身侧。

罗斯玛丽解释说她吃了慕斯，但倒掉很多，请杰奎琳不必担心。

“你最好把腿绑起来，以免乱动。”杰奎琳说。

“嗯，我想也是。”罗斯玛丽说，“搞不好是狂犬病。”她好奇地看着穿白色工作服的实习医生将她的双腿和手臂绑到床上的四根柱子上。

杰奎琳说：“你要是不喜欢音乐，告诉我一声，我会把音乐停掉。”

“噢，不用了。”罗斯玛丽说，“请别为我改变计划，音乐一点都不会干扰我，真的。”

杰奎琳温柔地冲她一笑：“试着睡一会儿，我们会在甲板上等你。”她退开了，缎袍沙沙作响。

罗斯玛丽睡了片刻，接着凯进来开始跟她做爱，双手从她受捆的双腕慢慢抚向她的臂膀、酥胸、腰窝，然后恣意地滑入她腿间，一再地重复激情的爱抚。他双手烫热，指甲尖利，接着就在她再也按捺不住时，他一手探到她臀下将她抬起，然后强劲地挺进她体内。他比平时粗硬巨硕；感觉痛楚却神妙。他向前躺到她身上，用另一手滑到她背下撑住，宽阔的胸膛推挤着她的胸部（他穿了粗糙的皮盔甲，因为这是场化装舞会）。他粗野而有韵律地操动他的巨物，罗斯玛丽张开眼，看到一对黄焰般的眼睛，闻到硫磺及单宁根的气味，感觉嘴上潮湿的呼气、淫乱的粗哼，以及旁观者的喘息。

这不是梦，她心想，这是真的，真的在发生的事。她露出抗拒的眼神和喉声，却被某个东西盖住了脸，被甜腻的臭味弄晕了。

那巨物继续在她体中滑动，皮韧的身体一次又一次地撞击着她的躯体。

教皇一手拎着皮箱，一手披着外套走进来。“杰奎琳告诉我说，你被老鼠咬了。”教皇说。

“是的，”罗斯玛丽答道，“所以我才没去见你。”她难过地说，以免教皇猜到她刚刚来了高潮。

“没关系。”教皇说，“我们可不希望你生病。”

“您能原谅我吗，神父？”她问。

“当然。”他说，然后伸出手让她亲吻戒指，戒指上的宝石是颗直径不到一英寸的银丝球，球内有个非常迷你的安娜·玛丽亚·阿尔珀盖蒂坐在那里等着。

罗斯玛丽吻了银丝球，然后教皇便匆匆离开赶去搭飞机了。

第九章

“嘿，已经九点多了。”凯摇着她的肩膀说。

罗斯玛丽推开凯的手，翻身趴躺：“再五分钟。”她深埋在枕头里说。

“不行，”凯扯着她的头发，“我十点钟得去上多米尼克的课。”

“那就去外头吃。”

“才不要。”他隔着毛毯拍她屁股。

罗斯玛丽想起了一切：梦、酒饮、米妮的巧克力慕斯、教皇、半梦半醒的恐怖片刻。她扭身撑起身体，看着凯。他正一脸惺忪地点着烟，满脸胡碴。凯穿着睡衣，她则一丝不挂。

“几点了？”她问。

“九点十分。”

“我什么时候上床睡觉的？”她坐起身子问。

“大约八点半吧。”他说，“而且你不是睡着，而是晕倒，亲爱的。从今以后，你不准再混着酒喝。”

“我做了一堆梦，”她揉着额头，然后闭上眼睛。“梦到肯尼迪总统、教皇、米妮和罗曼……”她张开眼，看到左胸上有两道细如发丝的抓痕，像平行红线般地钻入乳晕里。她觉得大腿刺痛，便掀开毯子，结果看到七八道横七竖八的抓痕。

“别骂我，”凯说，“我已经把指甲磨平了。”他露着剪短磨平的指甲说。

罗斯玛丽不解地望着他。

“我不想错过宝宝之夜。”他说。

“你是说你……”

“我有两片指甲刮破了。”

“在我晕倒的时候？”

他点点头，咧嘴一笑，“还挺好玩的，”他说，“有种恋尸狂的趣味。”

罗斯玛丽别过头，拉回毯子盖住自己的大腿。“我梦见有人强暴我。”她说，“我不知道是谁，是某个非人类。”

“谢谢啊。”凯说。

“你也在场，还有米妮、罗曼和其他人……像是某种仪式。”

“我试着把你叫醒，可是你睡死了。”

罗斯玛丽退得更远了，她将腿晃到另一侧的床外。

“怎么了？”凯问。

“没事。”她坐在那儿，不愿看他，“大概是你在我昏死时还那样做，让我觉得怪怪的。”

“我不想错过昨晚。”他说。

“我们可以今早或今晚做，昨晚只是一整个月里的一天，就算……”

“我还以为你会希望我这么做。”他用指头划着她的背。

罗斯玛丽扭身避开。“做爱应该是两人一起共享，而不是一醒一睡，各玩各的。”她接着说，“算了，算是我在使性子吧。”她起床走到衣柜里拿居家服。

“抱歉把你抓伤了，”凯说，“我有点兴奋过头。”

罗斯玛丽煮了早餐，然后在凯离开后，洗了一水槽的碗盘，再将厨房收拾干净。她打开客厅和卧室的窗户——公寓里仍飘着昨夜火炉的气味——铺了床，然后冲澡。罗斯玛丽洗了很久，先洗热水，再冲冷水。她没戴浴帽，定定地站在花洒下，等脑筋清醒过来，让思绪能理清一切找出结论。

昨晚真的如凯所说，是宝宝之夜吗？此刻她真的怀孕了吗？奇怪的是，她竟然不在乎了。罗斯玛丽很不高兴，不管那算不算是在闹脾气。凯在她不知情的状况下占有她，跟昏迷不醒的她做爱（“有种恋尸狂的趣味”），而不是与身心合一的她共享；更有甚者，凯还野蛮地抓伤她，弄得她浑身酸疼。那场噩梦如此真实而强烈，她几乎可以看到罗曼用蘸着红色液体的棒子在她肚子描绘。

罗斯玛丽恨恨地用肥皂搓洗身体，虽说凯有最棒的动机这么做，因为他想生宝宝，而他也确实喝了一样多的酒；但她觉得再怎么冠冕堂皇的动机、喝再多的酒，凯都不该在她不省人事时占有她，或任何他应该珍惜的事物。罗斯玛丽烦乱地回顾过去几周和数个月，觉得应该有些征兆被忽略掉了，那是他对她的情淡爱弛，或心口不一的征兆。凯是演员，有人能分辨出戏子的真情与假意吗？

也许她得多冲几次澡，才能涤净这些思绪。罗斯玛丽关掉水，用双手压挤滴水的头发。

她在出门购物途中，按了卡斯特韦特家的门铃，归还布丁杯。“你喜欢吗，亲爱的？”米妮问道，“我觉得我放了太多可可酒了。”

“很好吃。”罗斯玛丽说，“你一定得把食谱给我。”

“那是一定要的。你要去市场吗？能不能帮我一点小忙？买六颗鸡蛋和一小罐三咖速溶咖啡，我稍后再给你钱。我最讨厌为一两样东西出门了，你不会吗？”

现在她和凯之间有了距离，但凯似乎毫无所觉。他的戏十一月一日就要排演了，剧名是《我可认识你》。凯花了很多时间研究自己的角色、练习角色需要用的拐杖和腿部支架，还亲自到剧本发生地布朗克斯的高桥区造访。他们跟朋友吃晚饭的次数多过两人独处；没有朋友一起吃饭时，尽谈些不疼不痒的事，如家具、随时会结束的罢工和世界职业棒球大赛。他们去看了一场新音乐剧的预演，以及一部新电影的拍摄，参加了一位朋友的金属结构展开幕派对。凯似乎从不正眼瞧她，总是在读剧本、看电视或看别人。他在罗斯玛丽上床前便就寝了，某天晚上，凯跑到卡斯特韦特家去听罗曼讲剧场的故事，她则待在公寓里看电视上播的《甜姐儿》。

“你不觉得我们该谈一谈吗？”第二天早晨早餐时罗斯玛丽说。

“谈什么？”

她看着凯，他似乎真的不知情：“我们之前谈的事。”她说。

“什么意思？”

“你都不正眼看我的这件事。”

“你在说什么？我有看你啊。”

“你没有。”

“我有。亲爱的，你怎么了？到底怎么回事？”

“没事，算了。”

“不行，别那样说。究竟怎么了？你在烦恼什么？”

“没有。”

“唉，宝贝，我知道我一直忙着研究角色、练习用拐杖等等。是因为那样吗？天啊，亲爱的，这件事很重要，你知道吗，我不能时时刻刻用浓情蜜意的眼神看你，不表示我就不爱你了，我有很实际的问题要考虑。”他似是而非的话听来十分迷人真诚，就像他在《公交车站》里演的那名牛仔一样。

“好吧。”罗斯玛丽说，“对不起，是我乱发脾气。”

“你？你绝不是会乱发脾气的人。”

他从桌上探过身亲吻她。

哈奇在纽约布鲁斯特镇附近有栋小屋，他偶尔会去那里消磨周末。罗斯玛丽打电话给哈奇，问她能不能去住个三四天，也许住上一个星期。“凯开始演新角色了，”她解释说，“少了我的干扰，他会更进入状况。”

“你尽管住吧。”哈奇说。罗斯玛丽到哈奇位于列克星敦大道及二十四街的公寓里拿钥匙。

她先到熟食店，看以前住这附近时认识的柜员朋友，然后才去哈奇家。哈奇的公寓窄小阴暗，却整齐有序，有张丘吉尔的照片，还有一张蓬巴杜夫人[①]以前的沙发。哈奇光着脚，坐在两张桥牌桌之间，每张桌上都摆了打字机和一堆纸。他会同时写两部书，第一本书卡到瓶颈时，便转而写第二本，等第二本写不下去了，再回头写第一本。

“我很期待去那里。”罗斯玛丽坐到蓬巴杜夫人的沙发上说，“我前几天才突然意识到，我这辈子从没独自生活过，独处的时间从不超过几小时，想到能独居三四天，真是宛若天堂。”

“可以趁机静坐自省，思索自己的过去与未来。”

“没错。”

“好吧，你可以不必再强颜欢笑了，”哈奇问，“他是不是用灯打你了？”

“他没拿任何东西打我。”罗斯玛丽说，“这个角色很难演，是

---

① Madame Pompadour，法王路易十五的著名情妇及交际花。

一个佯装已经适应残疾的跛脚男生，凯得配合拐杖、腿部支架演出，所以自然非常投入，还有……还有，嗯，反正就是非常投入。”

“我明白了。”哈奇说，“我们换个话题吧。前几天新闻把罢工期间没报道的事全做了概述，你怎么没告诉我，你们那栋快乐大厦又有人自杀了？”

“哦，我没跟你说吗？”罗斯玛丽反问。

“没，你没讲。”哈奇表示。

“是一位我们认识的人，就是我跟你提过，那个曾经吸过毒的女孩，卡斯特韦特夫妇帮她戒了毒瘾，他们跟我们住同一层楼。我应该有跟你提过。”

“就是跟你一起去地下室的女孩。”

“没错。”

“看来他们没让她戒成功，女孩跟他们同住吗？”

“是的。”罗斯玛丽说，“出事后，我们跟卡斯特韦特夫妻混得挺熟，凯偶尔会过去听剧场里的逸事，卡斯特韦特先生的父亲在世纪交接时，曾担任制作人。”

“没想到凯会感兴趣，”哈奇说，“这对夫妻应该年纪挺大了吧？”

“老先生七十九岁，老太太也有七十岁左右了。”

“他们的姓好怪，”哈奇问，“怎么拼？”

罗斯玛丽拼给他听。

“我从没听过这种姓，”哈奇说，“大概是法国的。”

“名字也许是，但人可不是。”罗斯玛丽说，“他是本地人，太太来自俄克拉何马，一个叫‘布什海德’的地方，信不信由你。”

“天啊。”哈奇说，“我得把那地名写进书里，我知道可以用在哪里。告诉我，你打算怎么去小木屋？你需要一辆车。”

“我打算租一辆。”

“开我的去吧。”

“哎哟，不行，我不能用你的车。”

“拜托你就开吧。”哈奇说，“我只会把车从街道这一侧开到另一侧，拜托了，你可以帮我省掉很多麻烦。”

罗斯玛丽笑道：“好吧，我就帮你忙，开你的车。”

哈奇把车子及木屋的钥匙交给罗斯玛丽，画了张地图，打了一张指示单，包括泵、冰箱及各种可能的紧急状况。然后他套上鞋子及外套，送她下楼到车边——一部淡蓝色的旧奥兹莫比尔轿车。“车子的登记文件在车子的贮物柜里，”他说，“你想住多久就住多久，我不急着用车或小木屋。”

“我应该不会待超过一个礼拜，”罗斯玛丽说，“凯也许不想要我住那么久。”

罗斯玛丽在车中坐定后，哈奇把头从车窗探进来说：“我有各种好建议可以给你，不过我打算只管自己的事，免得遭到不测。”

罗斯玛丽亲吻他说：“谢谢你没管闲事，也谢谢你借我车子，还有其他种种。”

罗斯玛丽在十月十六日星期六上午离开，到小木屋住了五天。前两天她完全不想凯，算是报复他满心欢喜地同意她走。她看起来像是需要好好休息的样子吗？很好，那她就离家一长段时间，绝不想他。罗斯玛丽在黄橘色交错的绝美树林中散步，早早就寝，睡到自然醒，阅读杜穆里埃[①]的《飞鹰》，用煤气炉煮各种美味的食物。一次都没想到他。

第三天，罗斯玛丽想到凯了。他虚荣、自我、肤浅又满口谎言，娶她是为了享有观众，而不是要一名伴侣（她这个刚离开乡下的小姑娘，实在太笨了！‘噢，我在这里住了快一年，已经很习惯演员了。’结果她却像叼着报纸的小狗一样，跟着凯在屋子里乱转）。她会再给他一年，把他调教成好丈夫；凯若不合格，她就抽腿闪人，反正也没有信仰上的问题。同时她想回去工作，重拾自己曾急欲摆脱的独立与自主。他若未能达到标准，她将毅然离去。

那些特大号的饭菜，男生分量的炖牛肉罐头和辣肉酱，开始令她反胃，到了第三天，罗斯玛丽觉得有些恶心，只吃得下汤和饼干。

第四天，罗斯玛丽醒时，因思念凯而哭了起来。她独自在这寒冷肮脏的小木屋里做什么？凯犯了什么天条吗？他醉了，没征得她同意便占有她。那真的是罪不可赦，对吧？但凯正面临职业生涯中最大的挑战，而她非但没在一旁加油打气，反倒跑到荒山野地里，自怜自艾地把自己喂到想吐。凯本来就虚荣又自我，可毕竟他是演员，不是吗？劳伦斯·奥利维尔[②]恐怕也是这副德性。

① Daphne du Maurier，英国女作家。

② Laurence Olivier，英国著名演员。

可是凯有时会撒谎；但那不正是他迷人的地方吗？那种与她的拘谨截然相反的自在与漫不经心？

罗斯玛丽开车到布鲁斯特镇打电话给凯，友善的柜台服务员接答道："噢，嗨，亲爱的，你从乡下回来啦？凯出门了，亲爱的；他能打给你吗？你五点钟时打给他好了。是的。你那边天气很棒，玩得还愉快吗？很好。"

五点钟了，凯还没回来，罗斯玛丽留了话。她在餐厅吃过饭后跑去电影院，九点钟，凯依然未归，服务人员换班了，凯果然给她留了话：她可以明天八点前或晚上六点后打电话给他。

隔天，她似乎得出一个较理性而实际的看法。他们两人都有错；他不该粗心地只顾虑自己，她也不该默默隐忍。她若不告诉凯，希望他做改变，便很难期待情况能有所改善。她只须讲出来，不对，他们必须谈一谈，因为他可能对她有类似的不满，而她也浑然不知，事情必能有所改善。很多的不快乐便是像这次一样，开始时一味忍耐，不肯坦然以对而造成的。

六点钟，罗斯玛丽到布鲁斯特镇打电话，凯这回在家了。"嗨，亲爱的。"他说，"你还好吗？"

"还不错，你呢？"

"还可以，我好想你。"

罗斯玛丽对着电话微笑："我才想你呢，我明天就回去了。"

"太好了，那真是太好了。"他说，"这里发生了好多事，排演延到一月才开始。"

"哦？"

“他们一直挑不到演小女孩的人，不过我可以趁机喘口气；我下个月要演一名飞行员，是半小时的喜剧系列。”

“是吗？”

“这是自己找上门的工作，看起来真的很不错，美国广播公司很喜欢这个点子，剧名叫《格林尼治村》；拍摄地点就在格林尼治村，而且我还参与剧本的编写，实际上算是主角了。”

“太棒了，凯！”

“艾伦说我突然红起来了。”

“那真是太棒了！”

“好了，我得去冲澡刮胡子，艾伦要带我去电影首映会，斯坦利·库布里克也会去。你什么时候到家？”

“大约中午或更早一点。”

“我会等你，我爱你。”

“我也爱你！”

罗斯玛丽打电话给哈奇，哈奇不在，她只好在柜台留言，说她隔天下午会去还车。

次晨，罗斯玛丽将小木屋打扫干净，关门上锁，然后驾车回城里。梭米河大道上因三辆车追尾，交通大堵塞，等她把车停到布拉德福德大厦前的公交站里时，已将近一点钟了。罗斯玛丽拿着小行李箱，匆匆走进大楼。

电梯员表示不曾送凯下楼，不过他十一点十五到十二点之间，并没有在电梯里当班。

凯在家，房里放着唱片。罗斯玛丽正想张口唤人，凯便从卧室出来了。他穿着干净的衬衫和领带，手里拿着用过的咖啡杯往厨房走去。

两人甜蜜地热吻着，凯因拿着杯子，只能用一手抱住她。

“玩得开心吗？”他问。

“烂透了，我想死你了。”

“你还好吗？”

“还好。斯坦利·库布里克如何？”

“他根本没出席，讨厌。”

两人再度拥吻。

罗斯玛丽将行李箱拿进卧室，在床上打开。凯端着两杯咖啡进来，递给她一杯，然后坐在化妆台的椅子上，看她整理行李。罗斯玛丽谈到灿烂缤纷的黄橘色树林和静谧的夜晚；他跟她谈《格林尼治村》，还有参与演出的人员、制作人、编剧和导演。

“你真的没事吗？”罗斯玛丽将腾空的行李拉上拉链时，凯问。

她不明白他的意思。

“你的月经呀，”他说，“星期二该来了。”

“是吗？”

他点点头。

“呃，只差两天而已。”她淡定地说，掩饰心头的雀跃，“也许是因为那边的水和食物不一样。”

“你以前从不曾晚过。”他说。

“说不定今晚或明天就来了。”

“要打赌吗？”

“好。”

“两毛五？”

“好。”

“你输定了，亲爱的。”

“住嘴，你会害我心神不宁，才晚两天而已，搞不好今晚就来了。”

第十章

当天晚上罗斯玛丽并未来月经，第二天没有，接下来一天也没有，之后的一天依然没有。罗斯玛丽轻轻走动，生怕可能附着在体内的小东西会掉下来。

要跟凯说吗？不用了，可以等一等。

一切都能等一等。

她照常打扫、购物、做饭，小心翼翼地呼吸。一天早上，劳拉下楼来帮巴克利拉票，罗斯玛丽表示会投给他，然后将劳拉打发走。

“把我的两毛五给我。”凯说。

“住嘴啦。”罗斯玛丽捶了一下他的手臂。

她跟妇产科医生约好看诊，在十月二十八日星期四去看好友埃莉斯·邓斯坦推荐的希尔医生，埃莉斯两次怀孕都找他，医生的诊所在西七十二街。

希尔医生比罗斯玛丽想象中的年轻，约莫凯的岁数或更小一点，而且看起来有点像电视上的基尔代尔医生[①]。罗斯玛丽挺喜欢这位医生，他充满兴趣地慢慢问诊，帮她检查，并要她到六十街的检验室，让护士从她右手抽血。

第二天下午三点半，医生打电话来。

“请问是伍德豪斯太太吗？”

“希尔医生？”

“是的，恭喜你。”

“真的吗？”

“真的。”

她坐在床侧，笑到合不拢嘴。是真的，真的，真的，真的，真的。

“你还在听吗？”

“接下来会怎么样？”她问。

“不太会有什么事。你下个月再来看诊，还有，去买些孕妇吃的维生素，开始一天吃一粒。我会寄些表格给你，麻烦你填好——这是给医院用的；最好尽快做好预约。”

---

① Dr. Kildare，六十年代美国电视剧里的人物。

“预产期是什么时候？”她问。

“如果你最后一次月经是九月二十一日来的话，应该会在六月二十八日。”

“感觉好久哦。”

“是啊。噢，还有一件事，伍德豪斯太太，检验室想再抽一次血，你能不能明天或周一过去一下，让他们抽个血？”

“当然可以，”罗斯玛丽问，“但为什么？”

“护士小姐没抽到足够的血。”

“可是，我的确怀孕了，不是吗？”

“是的，他们做过验孕测试了。”希尔医生说，“不过我通常会要求他们再多做几项其他检验，那位护士并不知道，所以只抽了验孕的血量。请不用担心，你确实怀孕了，这点我可以跟你保证。”

“好吧。”她说，“我明早会过去。”

“记得地址吗？”

“记得，我还有名片。”

“我会把表格寄出去，然后我们……十一月最后一周再见。”

他们约好十一月二十九日下午一点钟的诊，罗斯玛丽挂电话时，觉得不太对劲。检验室的护士似乎很清楚自己在做什么，希尔医生突然那样一说，感觉不尽事实。难道他们是怕犯了错？把装血的小瓶子弄混，贴错了标签？她是否可能未孕？倘若如此，希尔医生应该会坦白相告，而不是信誓旦旦地说她怀孕了吧？

罗斯玛丽试着抛开忧虑，她怀孕了，错不了的，因为月经迟迟不来。罗斯玛丽走进厨房，在墙上日历的格子里写下“检验室”，然后在十一月二十九日写道：希尔医生，下午一点钟。

凯进门时，她二话不说地走过去，在他手里塞了两毛五的硬币。“做什么？”他问，随即会意说，“唉呀，太棒了，亲爱的！真的太棒了！”凯抓住她肩膀，吻了她两次，然后又吻了一遍。

“就是呀。”她说。

“太好了，我好开心。”

“爸爸。”

“妈妈。”

“凯，听我说。”她面色一凛，抬眼看着他，“我们把这当成新的开始，好吗？彼此开诚布公，无所不谈，因为我们一直有所保留，你忙着排戏、演飞行员和一堆应接不暇的事。我不是说你不该那样，其实那样才正常。但我去小木屋，就是为了沉淀心情，凯，我是去思索我们之间出了什么问题。我们以前跟现在的问题就是：缺乏坦诚。我也是，我们俩都不够坦诚。”

“没错。”他搭住她的肩膀，热切地看着她。“我也感觉到了，但或许不像你那么强烈。我实在太混账，太自我中心了，亲爱的，问题都怪我，也许因为我是这种人，一开始才会去干这种疯狂的蠢职业。你知道我爱你吧？我真的好爱你。我对天发誓，从今以后一定更坦诚，我会跟……”

“我也一样有错……”

“胡说，全是我的错，我和我的自我中心。请多包容我好吗？亲爱的，我会努力改进的。”

“噢，凯。”她爱怜而宽容地说，并以热情的吻迎向他。

“爸妈就是应该这样相亲相爱。”他说。

她含泪大笑。

“天啊，”他说，“你知道我很想做什么吗？”

“什么？”

“告诉米妮和罗曼。”他抬起一只手说，“我知道我知道，我们应该保守秘密，但我跟他们说过我们想生小孩，他们听了很开心，对年纪那么大的老人来说……”他悲悯地摊开手，“我们若是瞒太久，也许他们永远没有机会知道。”

“那就告诉他们吧。”她万分疼爱地说。

凯吻着她的鼻子：“我两分钟后就回来。”然后扭身冲往门口。罗斯玛丽看着凯离去，知道米妮和罗曼已在他心中占有重要的分量，这并不奇怪，凯的母亲只顾着谈自己的事，而他的几任父亲也都不曾担起做父亲的责任。卡斯特韦特夫妇切中了凯的需求，一种他自己大概都未意识到的需求。她很感激老夫妇，以后会对他们多怀善念。

罗斯玛丽走进浴室，在眼皮上泼了些冷水，并整理头发和嘴唇。“你怀孕了。”她对镜中的自己说。（但检验室要求再抽一次血，为什么？）

罗斯玛丽从浴室出来时，一伙人刚好从前门进来：米妮穿着居家服，罗曼捧着一瓶酒，凯喜滋滋地跟在他们后面。“这真是天大的好消息！”米妮说，“恭——喜——你！”她扑向罗斯玛丽，揽住她的肩，大声地用力亲吻她的脸颊。

“祝你一切顺利，罗斯玛丽。”罗曼说着吻住她另一边面颊。“我们高兴到说不出话来了，我们手边没有香槟，不过这瓶一九六一年圣朱利安的红酒应该也很适合庆祝。”

罗斯玛丽向他们致谢。

“预产期是什么时候？”米妮问。

“六月二十八日。”

“从现在到生产期间，好令人期待哦。”米妮说。

“你所有一切购物都由我们来代劳。”罗曼说。

“噢，不用了。”罗斯玛丽说，“真的不用麻烦。”

凯拿来玻璃杯和开瓶器，罗曼帮他一起开酒。米妮拉着罗斯玛丽的手肘走到客厅里说：“听我说，亲爱的，你有找到好医生吗？”

“有，是一位很棒的医生。”罗斯玛丽说。

“我们有位好友，是纽约最棒的产科医生之一，叫亚伯·萨皮尔斯坦，犹太人。所有社交界的宝宝都是由他接生的，如果我们出面要求，他也会帮你接生，而且收费又便宜，这样你就能帮凯省下他辛苦赚来的钱了。”

“亚伯·萨皮尔斯坦吗？”罗曼从房间另一头说，“他是全国产科头一号人物，罗斯玛丽，你听过他吧？”

“好像有。”罗斯玛丽想起在报纸或杂志上看过他的名字。

“我听说过。”凯说，“他两年前是不是上过脱口秀？”

“没错，”罗曼说，“他是全国最优秀的产科医生之一。”

“亲爱的，你觉得如何？”凯说。

“但希尔医生怎么办？”她问。

“别担心，我会找个理由跟他讲。”凯说，“你知道我最在行了。”

罗斯玛丽想到年轻、长得超像基尔代尔的希尔医生，想到他的检验室因为护士、技术人员或某个人出了错，还要她抽更多的血，害她忐忑不安。

米妮说：“我不许你去看那个默默无闻的希尔医生！你一定要找最好的，小姑娘，而最好的就是亚伯·萨皮尔斯坦！”

罗斯玛丽感激地冲他们一笑：“如果你们能确保他会收我的话，我就去，说不定人家太忙了。”

“他会收你的。”米妮说，“我现在就拨电话给他，电话呢？”

“在卧室里。”凯说。

米妮走进卧室，罗曼在杯里倒酒。“他是个很棒的人，”罗曼说，“有深受折磨的犹太民族特有的敏感。”他把酒杯递给罗斯玛丽和凯，“我们等一下米妮。”

一群人定定站着，各自拿着斟满酒的杯子，罗斯玛丽拿了两杯。凯说：“坐下吧，亲爱的。”但罗斯玛丽摇摇头继续站着。

卧室里的米妮说：“亚伯吗？我是米妮。很好啊，是这样的，我们有位好朋友今天发现她怀孕了。是啊，很棒吧？我现在在她的公寓里，我们跟她说你会很乐意照顾她，而且不会收那种上流社会层级的费用。”她沉默片刻后说：“等一下，”然后扬声问，“罗斯玛丽，你明早十一点能去看他吗？”

“可以，没问题。”罗斯玛丽答道。

罗曼说：“你瞧。”

“十一点可以，亚伯。”米妮说，“是的，你也是，不，一点都不会。最好是这样，再见。”

她走回来：“搞定了，我们离开前，会把他的地址写下来给你，他在七十九街跟公园大道交接处。”

“太感谢你了，米妮。”凯说，罗斯玛丽接着表示：“我真不知该如何感谢二位。”

米妮接过罗曼递来的酒说：“很简单，只要乖乖听亚伯的话，生个漂亮健康的宝宝，就是最好的感谢了。”

罗曼举杯说道：“为了漂亮健康的宝宝。”

“敬酒敬酒。”凯说，大伙全喝着酒，凯、米妮、罗斯玛丽和罗曼。

“嗯，”凯说，“好好喝。”

“是啊，而且又不会太贵。”罗曼说。

“唉呀。”米妮表示，“我等不及要告诉劳拉了。”

罗斯玛丽连忙说：“拜托，先别告诉任何人，还不行，太早了。”

“她说得对。”罗曼表示，“以后有的是时间可以宣布这个好消息。”

“有人想吃奶酪和饼干吗？”罗斯玛丽问。

“坐下吧，亲爱的。”凯说，“我去拿。”

当晚罗斯玛丽兴奋到无法很快入睡，她双手覆盖下的腹中，有个小小的卵子因接受一颗小小的种子而受精。噢，多么神奇，它将茁壮长大，成为安德鲁或苏珊（她很确定男孩要叫“安德鲁”；至于“苏珊”则还得跟凯讨论）！安德鲁或苏珊现在长什么样？

是一小粒斑点吗？不对，一定不只那样；毕竟她已进入第二个月孕期了，不是吗？说不定已经开始像小蝌蚪了。她得找些怀孕相关的书籍来看，弄清楚每个月的孕况。萨皮尔斯坦医生应该知道这种东西。

一辆消防车鸣笛而过，凯挪动身子喃喃发声，米妮和罗曼的床在墙后吱嘎作响。

往后数月，还有许多令人担忧的危险；火灾、高空坠落物、失控的车辆；以前不觉得危险的事物，如今在有了安德鲁或苏珊后，都显得危险了（是的，有了孩子后！）。她当然会放弃偶尔想抽的烟，并询问萨皮尔斯坦医生对鸡尾酒的看法。

若祷告还可能有效就好了！如果能再次拿着十字架，恳请上帝垂听：求祂带引，度过未来的八个月；恳求主，千万别让她得德国麻疹，希望新的药物不会有沙利度胺[①]的副作用。平平安安的八个月，没有意外和疾病，但有充足的铁、牛奶和阳光。

罗斯玛丽突然想起那枚装了单宁根的银丝球幸运符；不管她是否犯傻，但她想戴上银丝球，不对，是需要它。罗斯玛丽溜下床，蹑脚来到化妆台，从巧克力盒里取出项链，剥掉外边的锡箔纸包。单宁根的气味变了，依然强烈，却不再讨人厌。她将项链套过头顶。

银丝球在她双乳间晃痒着，罗斯玛丽摸回床上拉起被子，然后闭起眼睛，将头稳靠在枕上。她深深吸气，双手盖在腹部，护住体内的受精卵，不久便睡着了。

---

① Thalidomide，最早上市的非处方镇定剂，后来证实会产生畸胎。

第二部

第一章

现在的罗斯玛丽朝气勃勃，活得充实、自在又圆满。她一如既往地做饭、打扫、熨衣服、铺床、购物、拿衣服到地下室去洗、上雕塑课——但这一切全都有了新意，因为她知道体内的安德鲁或苏珊（或梅琳达）正日益茁壮，日渐成熟。

萨皮尔斯坦医生非常棒，他是一名皮肤灼黑、头发花白、蓄着白须的高个头男子（她以前看过他，但想不起来在何处见过；也许是在电视节目上吧）。医生的候诊室里虽选用密斯・凡德罗[①]

① Miës van der Rohe，德国著名现代主义建筑大师。

的椅子和冰冷的大理石桌，为人却十分老派而直率。“你最好别看书，”他说，“每个人怀孕的情况不同，书上告诉你第三个月第三周该有什么感觉，只会徒增你的担忧。怀孕情形绝对不会跟书上描述的完全一样，还有，别听朋友的意见。她们的经验跟你不同，她们一定会坚持自己的怀孕情形才正常，而你的异常。”

罗斯玛丽询问能否吃希尔医生开给的维生素丸。

“不行，别吃药。”医生说，“米妮·卡斯特韦特家有花房和搅拌机，我会让她每天帮你打更新鲜安全的饮料，比市面上任何药片更富含维生素。还有一件事：想吃什么就吃什么。现在的理论认为，孕妇会有各种渴求全是自己想象出来的。这点我无法苟同，我认为你若半夜想吃腌黄瓜，大可叫你可怜的老公出门去买，就像笑话里的老梗一样。无论你想吃什么，一定要设法吃到，你会很讶异接下来几个月，你的身体会想吃奇怪的东西。有问题随时打电话给我，是打给我，而不是打给你母亲或哪位阿姨。医生的作用就在这儿。”

罗斯玛丽每周回诊一次，萨皮尔斯坦医生比希尔医生更照顾患者，而且用不着填写各种表格。

一切都如此顺利而美好，罗斯玛丽去沙宣发廊剪了赫本头、看牙医、在大选日投票（选了林赛当市长），然后去格林尼治村看凯拍外景。在拍摄期间，凯推着偷来的热狗摊，沿着苏利文街狂奔。她蹲下来跟一些小孩讲话，对别的孕妇露出“我也怀孕了”的笑容。

罗斯玛丽发现，即便只加了少少几粒盐，都会令食物变得难以下咽。“那很正常，”第二次看诊时，萨皮尔斯坦医生说，“等你的身体需要时，反感便会消失了，但这段期间，当然就别吃盐了。要信任身体的好恶与渴求。”

不过她倒没有任何渴求，事实上，她的胃口似乎比平常还小，早餐只吃咖啡和吐司，晚餐吃一份蔬菜和一小片生肉便足够了。米妮每天早上十一点钟都会送一杯看似坚果奶昔的饮料过来，喝起来又冰又酸。

“里面是什么？”罗斯玛丽问。

“剪刀蜗牛和小狗尾[①]。”米妮笑着说。

罗斯玛丽哈哈大笑：“没关系，不过万一我们想生女儿呢？”

“你们想吗？”

“我们当然生什么都好，但第一胎若能生个男孩，应该很不错。”

“那就对啦。”米妮说。

罗斯玛丽喝完后问：“说真的，里面到底放了什么？”

“一颗生鸡蛋、明胶、草药……”

“有单宁根吗？”

“有一点儿，还有一些其他东西。”

米妮每天用同一个杯子送饮料来，那是个有蓝绿条纹的大杯子，然后站着等罗斯玛丽喝完。

---

① 出自英国童谣《小男孩是什么做的？》。

有一天，罗斯玛丽在电梯旁跟小丽萨的妈妈菲·卡普莉丝聊起来，结果对方邀请凯和她星期天过去吃早午餐。罗斯玛丽告诉凯时，却遭到反对，凯解释说，因为星期天很可能要拍戏，就算不去，他也需要休息一天，并研究角色，等休息够了，再去找朋友。他还取消了几星期前跟吉米和泰格尔去吃饭看戏的约会，还问罗斯玛丽能不能将跟哈奇约吃饭的事延期，因为拍摄时间比预期的拉长很多。

其实推掉也好，因为罗斯玛丽的腹部开始慢慢感觉到刺痛，她打电话给萨皮尔斯坦医生，医生要她到诊所检查，之后表示没什么好担心的；疼痛是骨盆扩大造成的正常反应，一两天便会过去，她可以吃正常剂量的阿司匹林缓解疼痛。

罗斯玛丽松了一大口气："我好怕是宫外孕。"

"宫外孕？"萨皮尔斯坦医生一脸狐疑地看着她问，罗斯玛丽脸都红了。医生说道："不是叫你别看书吗，罗斯玛丽？"

"那些书就摆在药店里瞪着我。"她答道。

"结果看书就只会害你白担心，麻烦你回家把书扔了行吗？"

"我会的，我保证。"

"疼痛两天就会过去了，说什么宫外孕……"医生摇着头。

可是两天后，痛楚并未消失，反倒日益加剧，身体里像是有东西被铁丝越缠越紧，想将它切成两半。罗斯玛丽持续疼痛数小时，然后暂停几分钟，接着新的一波痛楚又袭来。阿司匹林的效果非常有限，她又不敢吃太多。好不容易睡着了，又噩梦连连，不是力战将她困在浴室里的大蜘蛛，就是费力地拔着在客厅地毯中央生根的黑树丛。罗斯玛丽疲累地醒来，剧痛更甚以往。

“有时的确会这样。”萨皮尔斯坦医生说，“痛楚应该随时会停止，你确定你没谎报年龄吗？通常年纪较大、关节弹性较差的妇女，比较会有这种问题。”

送饮料来的米妮说：“可怜的孩子，别害怕，亲爱的；我有一个在西班牙托莱多的侄女，还有另外认识的两名女生，跟你的情况一模一样，结果她们都顺利产下健康漂亮的宝宝。”

“谢了。”罗斯玛丽说。

米妮严肃地退开说：“这话是什么意思？我说的可是句句实言！我对天发誓，罗斯玛丽！”

罗斯玛丽的气色日渐憔悴，苍白而瘦削，看起来像个活死人，凯却坚称没那回事。“你在胡说什么？”凯说，“你看起来容光焕发，若要我老实讲，亲爱的，是因为发型的关系。那是你这辈子犯过最大的错。”

后来疼痛变得无时不在，不曾暂缓了。罗斯玛丽苦忍着，夜里睡上短短几个小时，然后吞一颗阿司匹林，虽然萨皮尔斯坦医生容许她吃两颗。她不再跟琼或埃莉斯出去了，也不去上雕塑课或出门购物。她用电话订购杂货，待在公寓里做婴儿房的窗帘，也终于开始读《罗马帝国衰亡史》了。有时米妮或罗曼下午会过来聊聊，看她是否需要任何东西。有一回劳拉送来一盘姜饼，她还不知道罗斯玛丽怀孕的事。“噢，天啊，我好喜欢你的发型，罗斯玛丽。”她说，“你看起来好漂亮、好时髦。”知道她不舒服，劳拉表示很惊讶。

等片子终于杀青后，凯大部分的时间都待在家中。他已经不去上声乐老师多米尼克的课了，下午也不再去试演亮相了。他有两部很棒的广告片等着拍，宝马香烟和德士古石油。《我可认识你》一剧，确定一月中旬开始排演。凯帮罗斯玛丽打扫，陪她玩一块钱一把的限时拼字游戏。他负责接电话，若是找罗斯玛丽的，便找借口推掉。

罗斯玛丽原本打算，帮几位跟他们一样远离家人的朋友办一场感恩节晚餐，然而疼痛不止，让她一直很担忧孩子的健康，于是决定放弃，最后两人跑去米妮和罗曼家过节。

第二章

十二月某天下午，凯去拍宝马香烟广告时，哈奇打电话来：“我在市政中心附近领取哑剧大师马歇·马叟的票，你跟凯礼拜五晚上要不要过来？”

“大概不行，哈奇。”罗斯玛丽说，“我最近身体不适，凯这星期又有两部广告要拍。”

“你怎么了吗？”

“没什么，真的，我只是有点不舒服。”

“我能上来几分钟吗？”

“噢，好呀，我好想见你。”

罗斯玛丽匆匆穿上家常裤子和运动衫，涂上口红，梳理头发，剧痛又犯了。她闭眼咬牙缓了一会儿，接着痛楚退回平时的程度，她庆幸地舒口气，继续梳理头发。

哈奇见到罗斯玛丽时，瞪着她说："我的天哪。"

"是在沙宣剪的，而且现在正流行。"她说。

"你出了什么事？"他说，"我不是指你的发型。"

"我看起来有那么糟吗？"她接过哈奇的外套和帽子挂了起来，挤出灿烂的笑容。

"你看起来糟透了。"哈奇说，"你瘦了多少磅？而且眼圈黑到连熊猫都自叹不如。你该不会是在尝试什么特殊的饮食法吧？"

"没有。"

"那到底是怎么了？有没有去看医生？"

"我看我还是跟你说了吧，"罗斯玛丽表示，"我怀孕三个月了。"

哈奇困惑地望着她："太可笑了，孕妇应该会增胖，而不是减重，而且孕妇看起来都很健康，不像……"

"我有一些并发症，"罗斯玛丽说着带头走进客厅，"我有关节僵或其他问题，所以夜里几乎都会疼醒。其实只有一个地方疼，但持续不停地疼，幸好不严重，也许再过些时候就会停了。"

"我从没听过'关节僵紧'会是个问题。"哈奇说。

"是骨盆的关节僵紧，这相当常见。"

哈奇坐到凯的休闲椅上："呃，恭喜了。"他迟疑地说，"你一定很开心吧。"

"是呀，"罗斯玛丽答道，"我们都很高兴。"

“你的产科医生是谁？”

“亚伯·萨皮尔斯坦，他是……”

“我认识他，”哈奇说，“或者说知道他。多丽丝的两个孩子都是他接生的。”多丽丝是哈奇的长女。

“他是城里最好的医生之一。”罗斯玛丽说。

“你上回什么时候去见他的？”

“前天，我刚才跟你说的话，就是医生跟我讲的；这非常普遍，而且可能随时会改善。不过他从一开始就一直这么说……”

“你掉了多少体重？”

“只有三磅，看起来……”

“胡说！你掉了远不止三磅！”

罗斯玛丽淡然一笑：“你听起来好像我们家卧室里的体重计。”她说，“凯最后把体重计扔了，因为我被它吓坏了。我只掉了三磅多一点，怀孕初期的几个月掉点体重很正常，以后就会胖回来了。”

“但愿如此，”哈奇说，“你看起来像被吸血鬼吸干了，你确定身上没有咬痕？”罗斯玛丽笑了。“好吧，”哈奇靠在椅子上也笑了，“我们只好假设萨皮尔斯坦医生知道他在说什么，他应该很清楚，那家伙收费不低，凯一定干得不错。”

“的确，”罗斯玛丽答道，“不过我们拿到折扣价，我们的邻居卡斯特韦特夫妇跟医生是好朋友，是他们引荐给我们的；医生给了我们非上流社会价码的特别折扣。”

“那表示多丽丝和阿克塞尔是上流人士吗？”哈奇说，“他们听到了一定很高兴。”

电铃响了，哈奇表示要去应门，但罗斯玛丽不让他去。“我走动时比较不疼。”她离开房间走到前门，回忆自己是否订了什么东西还没送到。

原来是罗曼。罗曼看起来有点喘，罗斯玛丽笑着说：“我两秒前才提到你的名字。”

“希望是讲我的好话，”他说，“你需要从外头买什么东西吗？米妮待会儿要下楼，我们家的家用电话好像坏了。”

“不用，我不需要。”罗斯玛丽说，“谢谢你这么好心，我今早才打过电话叫外卖。”

罗曼瞄了罗斯玛丽身后一眼，然后笑着问凯回家了没。

“还没有，他最早六点钟才会回来。”罗斯玛丽回道，由于罗曼苍白的脸上依旧堆着询问的笑容，她只好又说：“我有朋友在这儿。”询问的笑容依旧未变，罗斯玛丽接着说：“你想见他吗？”

“好啊。”罗曼说，“如果不会太打扰的话。”

“怎么会呢。”罗斯玛丽让他进屋，罗曼穿着黑白相间的格子夹克，里面是蓝衬衫和草履虫纹宽领带。罗曼从她身边擦过，罗斯玛丽第一次发现他钻了耳洞，至少左耳是如此。

罗斯玛丽跟着罗曼来到客厅拱门：“这位是爱德华·哈钦斯。”接着她对微笑起身的哈奇说：“这位是我刚才提到的那位邻居，罗曼·卡斯特韦特。”她对罗曼解释说：“我正在跟哈奇说，是你和米妮要我去见萨皮尔斯坦医生的。”

两名男子相互握手寒暄，哈奇说：“我有个女儿以前也找过萨皮尔斯坦医生，找过两次。”

“他是个很棒的人，”罗曼说，“我们去年春天才结识，却成了至交好友。”

“二位坐吧。”罗斯玛丽说，客人坐了下来，罗斯玛丽则坐到哈奇旁边。

罗曼表示：“罗斯玛丽跟你宣布好消息了吗？”

“是的。”哈奇说。

罗曼表示：“我们得确保她获得充分的休息，而且完全没有烦恼和焦虑。”

罗斯玛丽说：“那岂不像在天堂。”

“我有点儿被她的样子吓到。”哈奇看着罗斯玛丽说，一边掏出烟斗和条纹布做的烟草袋。

“是吗？”罗曼说。

“不过现在知道有萨皮尔斯坦医生在照顾她，我就安心了。”

“她只掉了两三磅，对不对，罗斯玛丽？”罗曼问。

“没错。”罗斯玛丽答道。

“怀孕初期几个月那样算很正常。”罗曼说，“以后就会增重了，搞不好还会变得太胖呢。”

“我看也是。”哈奇填着烟斗说。

罗斯玛丽表示：“卡斯特韦特太太每天都帮我做维生素饮料加生蛋、牛奶和她种的新鲜草药。”

“当然是完全遵照萨皮尔斯坦医生的指示在做了。”罗曼说，“医生对市面上的维生素丸很有疑虑。”

“是吗？”哈奇将烟袋放回口袋，“我觉得维生素丸应该是最没问题的，制造过程经过层层把关。”他点燃两根火柴，一起将火焰塞入烟斗里，然后吐出香浓的白烟。罗斯玛丽把烟灰缸推到他身边。

罗曼说：“是没错啦，但市面上销售的药片在仓库或药店的架子上可能一摆就是好几个月，有可能流失不少药效。”

“对哦，我倒没想到，”哈奇说，“应该是会。”

罗斯玛丽说：“我觉得吃新鲜自然的东西很不错，几百年前尚不知维生素为何物时，怀孕的妈妈一定是嚼单宁根的。”

“单宁根？”哈奇问。

“是放在饮料里的一种草药。”罗斯玛丽答说，“那算不算草药？”她看看罗曼，“根茎类的东西可以算是草药吗？”但罗曼正盯着哈奇，没听到她的话。

“‘单宁’？”哈奇说，“我从没听过这种东西，你确定不是‘大茴香’或‘鸢尾根’吗？”

罗曼说：“是单宁。”

“在这儿。”罗斯玛丽抽出银链说，“而且理论上还能招来好运，味道得适应一下，要有心理准备。”她递上银丝球，靠向前拿近给哈奇看。

哈奇闻了一下，皱着眉抽开身子。“真的很不习惯。”他用两根手指夹过银丝球，远远隔着斜目打量。“看起来根本不像根茎，倒像软土或菌类。”他看着罗曼问：“这东西还有别的称呼吗？”

“据我所知没有。”罗曼答道。

“我得查一下百科全书，看看究竟是何物。”哈奇说，“单宁……这符坠好漂亮，是哪儿来的？”

罗斯玛丽对罗曼笑了一下说：“是卡斯特韦特夫妇送我的。”她把坠子塞回衣内。

哈奇对罗曼说：“您和夫人比罗斯玛丽的爸妈对她更照顾有加。”

罗曼说：“我们很喜欢这孩子，还有凯。”他撑住椅子的扶手站起来，“对不起，我得走了，内人还在等我。”

“当然。”哈奇也站起来说，“很高兴认识你。”

“相信我们一定会再见面，”罗曼说，“别麻烦送我了，罗斯玛丽。”

“一点也不麻烦。”她陪罗曼来到前门，罗斯玛丽发现他的右耳也打了耳洞，而且脖子上还有许多如远方群鸟般的小疤痕。“再次谢谢你过来。”她说。

“不客气，”罗曼答道，“我很喜欢你的朋友哈钦斯先生，他似乎是位绝顶聪明的人。”

罗斯玛丽打开门说：“他是的。”

“很高兴能认识他。”罗曼笑了笑，大手一挥，沿廊而去。

“拜拜。”罗斯玛丽也挥手说。

哈奇站在书架边：“这房间太棒了，”他说，“你布置得很好。”

“谢谢，”罗斯玛丽说道，“我在骨盆发痛前，一直布置得很上手。我第一次发现罗曼打了耳洞。”

“打耳洞，而且眼神很犀利。”哈奇说：“他年轻时是干什么的？”

“几乎什么都干过，而且跑遍了全球各处，他真的每个地方都去过。”

“胡说，没有人能跑遍全世界。他干吗来按你家门铃？我这样会不会问太多事了？”

“他来看我需不需要买东西，大厦的内线电话坏了，他们是很棒的邻居，我若允许的话，他们一定会进来帮我打扫。”

“他老婆长什么样子？”

罗斯玛丽描述了一番。“凯跟他们两位走得很近，他们对他来说就像父母一样。”

“那你呢？”

“我不确定。有时我感激到想吻他们，有时却觉得他们的友善热心让我透不过气，但是我怎么能抱怨？你记得有次大停电吧？”

“我哪儿忘得了？当时我在电梯里。”

“不会吧。”

“是真的，我跟三个女人和一名以为原子弹掉下来的约翰·伯奇会员①，在漆黑中被关了整整五个小时。”

“太惨了。”

“你呢？”

“凯跟我就在这里，灯熄了两分钟后，米妮便拿着一把蜡烛到我家门口了。”她指指壁炉架，“有这种邻居，还能挑剔什么？”

“大概是不能了。”哈奇站在那儿望着壁炉架问，“就是那些蜡烛吗？”一盘磨石子和黄铜显微镜之间，立着两座烛台；烛台上

① John Bircher Society，美国的极端保守反共团体。

是三英寸长、烛泪凝坠的黑蜡烛。

“就剩最后两根了，”罗斯玛丽说，“她送来足足一个月的分量。怎么了？”

“蜡烛全是黑的吗？”他问。

“是的，怎么了？”她问。

“只是好奇而已。”霍奇从壁炉架边转开身，对罗斯玛丽微笑说：“能帮我泡点咖啡吗？然后再多跟我说些卡斯特韦特太太的事。她在哪里种药草？在窗槛的花箱里吗？”

两人在厨房桌边坐饮十分钟后，前门的门锁开了，凯冲进来说：“嘿，真没想到。”他走过来握住哈奇的手时，哈奇还来不及起身。“你好吗？哈奇？真高兴看到你。”他另一手搂住罗斯玛丽的头，弯身亲吻她的脸颊及嘴唇。“你还好吧，亲爱的？”凯脸上的妆还没卸，因此面色橘红，睫毛涂黑，眼睛斗大。

“你才叫人想不到呢。”罗斯玛丽说，“发生什么事了？”

“呃，那群笨蛋决定中途打住，重写剧本，明早再开拍。你们留在原地别乱动；我先去把外套脱掉。”凯跑出厨房到衣橱边。

“要喝咖啡吗？”罗斯玛丽喊问。

“好！”

罗斯玛丽站起来倒了一杯，然后帮哈奇和自己续杯。哈奇抽着烟斗，心事重重地凝视眼前。

凯两手抱满一包包的宝马烟回来，把烟重重放到桌上说：“都是战利品。哈奇，要不要来一根？”

“不用了，谢谢。”

凯撕开一包烟，把烟挤到一旁抽出一根，对着重新坐下的罗斯玛丽挤挤眼。

哈奇说：“喜事好像一桩接着一桩。”

凯心情大好地说：“罗斯玛丽跟你说了吗？太美妙了，对吧？我们很开心，当然了，我生怕自己不是个好父亲，但罗斯玛丽一定会是非常称职的母亲，那样应该就不会有问题了。”

“宝宝的预产期是何时？”哈奇问。

罗斯玛丽告诉了他，并对凯说，哈奇有两个孙子也是萨皮尔斯坦医生接生的。

哈奇说：“我见过你们的邻居罗曼·卡斯特韦特了。”

“哦，是吗？”凯说，“老先生很有趣吧？他知道一些奥蒂斯·斯金纳和莫杰斯卡的趣闻，他是个戏迷。”

罗斯玛丽说：“你注意过罗曼打了耳洞吗？”

“你在开玩笑吧？”凯问。

“没开玩笑，我看见了。”

一伙人喝着咖啡，畅谈凯日渐走红的事业，以及哈奇打算春天去希腊及土耳其旅游的事。

“可惜最近没能经常跟你见面。”哈奇起身告辞时，凯说，“我太忙了，她又身体不适，我们几乎谁都不见。”

“也许再过不久我们就可以一起吃晚餐了。”哈奇说。凯一边称是，一边跑去帮他拿外套。

罗斯玛丽说：“别忘了查一下单宁根的资料。”

“我不会忘的。”哈奇说，“你叫萨皮尔斯坦医生检查一下他的体重计，我还是觉得你不只掉了三磅。”

“别傻了，”罗斯玛丽说，“医生的体重计不会错的。”

凯拿起外套打开说：“这件不是我的，所以一定是你的了。”

“你说得没错。”哈奇转身将手臂套进袖管里。“名字想好了吗？”他问罗斯玛丽，“还是尚嫌太早？”

“男孩的话，叫安德鲁或道格拉斯，”她说，“若是女孩，就叫梅琳达或莎拉。”

“‘莎拉’？”凯说：“不叫‘苏珊’啦？”他递上哈奇的帽子。

罗斯玛丽把脸凑过去让哈奇吻。

“希望疼痛很快便能止住。”他说。

罗斯玛丽笑道：“会的，别担心。”

凯说：“那是很普遍的现象。”

哈奇摸摸口袋，拿着一只加了毛里的棕色手套问：“有没有看到另一只？”一边又去摸口袋。

罗斯玛丽在地板上四处寻看，凯则回衣橱里找，先低头看地板，再看架子。“我没看到，哈奇。”

“讨厌，”哈奇说，“也许我落在市政中心了，我会回去找找看。我们一定得一起吃顿饭，行吗？”

“当然行。”凯说，接着罗斯玛丽表示：“就下周吧。”

两人目送哈奇绕过走廊的第一道转角，然后回屋内关上门。

“真令人惊喜，”凯说，“哈奇在这里待了很久吗？”

罗斯玛丽答说：“没有，你猜他说什么来着。”

“说什么？”

“我看起来糟透了。”

“这个老哈奇到哪儿都没好话。”凯说，罗斯玛丽不解地看着他，“他真是专爱唱衰别人，亲爱的。还记得我们要搬进这里时，他拼命乌鸦嘴吗？”

“他才没有专爱唱衰别人。”罗斯玛丽进厨房清理桌子。

凯倚着门框：“那么他也算排名很前面的乌鸦嘴了。”

几分钟后，凯穿上外套出门买报纸。

当晚十点半，电话响了，罗斯玛丽正在床上读书，凯则在小屋里看电视。他接起电话，一分钟后拿着电话到卧房。“哈奇想跟你讲话。”凯把电话放到床上，然后蹲身插上电话，“我跟他说你正在休息，但他说有急事，没法等。”

罗斯玛丽拿起话筒说：“哈奇吗？”

“嗨，罗斯玛丽。”哈奇说，“告诉我，亲爱的，你会出门吗？还是你整天都待在公寓里？”

“呃，我最近一直都没出门。”她看看凯，“但我可以出去。怎么了吗？”凯皱眉回望着她。

“我有事想跟你谈。”哈奇说：“你明早十一点能到西格拉姆大厦前跟我碰面吗？”

“好的，如果你要我去的话，到底怎么了？不能现在告诉我吗？”罗斯玛丽问。

“我不想现在讲，”他说，“其实也没什么特别重要的事，你别操心。可以的话，我们一起吃早午餐，或早点儿吃午饭。”

“那很好。”

“好，那就十一点钟，西格拉姆大楼前见。”

“好。你找到手套了吗？”

“没有，他们没捡到。”哈奇说，“反正我也该买新的了。晚安，罗斯玛丽，好好睡。”

“你也是，晚安。”

她挂掉电话。

“什么事？”凯问。

“哈奇要我明早去见他，说有事要跟我谈。”

“有没有说是什么事？”

“半个字也没讲。”

凯摇头笑道：“他看了太多冒险故事。你们要在哪儿碰面？”

“十一点钟在西格拉姆大楼前。”

凯拔掉电话插头，将电话拿回小屋，不过几乎又立即回来：“奇怪，怀孕的人明明是你，为什么想吃东西的反而是我？”凯说着把电话插回去，放到床头柜上。“我想出去买冰淇淋，你要不要来一个？”

“好。”罗斯玛丽说。

“香草的？”

“可以。”

“我尽快回来。”

凯出门了，罗斯玛丽靠在枕上，茫然地瞪着前方，书本摊放在腿上。哈奇到底想谈什么？他说没什么特别重要的事，但一定也不会是“不”重要的事，否则就不会急着找她去了。是跟琼有关吗？或以前的另一位室友？

她隐隐听到卡斯特韦特家的门铃响了一下，也许是凯过去问他们要不要冰淇淋或早报。他真贴心。

体内传来一阵剧痛。

第三章

第二天清晨罗斯玛丽用家里电话打给米妮，请她别在十一点钟送饮料过来，因为她正要出门，得下午一两点才会回家。

“没关系，亲爱的。”米妮说，“你什么都别担心，不需要在固定时间饮用，只要喝就行了。天气很好，去透透气对你有帮助。回来时通知一声，我再把饮料送过去。”

天气确实很棒；阳光灿烂，清冽舒爽，且生气盎然。罗斯玛丽缓步徐行，嘴角含笑，仿佛身体已不再疼痛。每个角落都有救世军的圣诞老公公，穿着戏服摇响铃铛。商家的橱窗全做了圣诞摆设；公园大道分隔岛上的树亦然。

罗斯玛丽在十点四十五分抵达西格拉姆大楼，由于到得早，哈奇还未见踪影，罗斯玛丽便在大楼前院旁的矮墙上小坐一会儿，让阳光照在脸上，聆听匆忙的脚步声、人们的谈话声、车声和喧闹的直升机声。罗斯玛丽穿在外套下的洋装，第一次令人满意地贴在腹上，也许吃完午饭后，她会去布鲁明戴尔商场看看孕妇装。她很高兴哈奇打电话叫她出门（可是他究竟想谈什么？），她实在不该拿疼痛当借口，让自己大门不出二门不迈，即使是不间断的疼痛。从今以后，她要跟疼痛奋战，以新鲜空气、阳光和活动来抵御痛楚，不再屈从于悉心呵护她的米妮、凯和罗曼，让自己困陷在阴郁的布拉德福德大厦里。滚吧！疼痛，她想，我再也不要那样了！可是疼痛依旧，未因正面思考而稍减半分。

十一点五分，罗斯玛丽站到大楼的玻璃门边，身旁车来人往。说不定哈奇之前与人有约，会从大楼里出来，否则何必选在此地会面，而不选择别处？罗斯玛丽搜寻着从大楼里出来的面孔，以为看见了哈奇，却发现认错了人。接着她看到在认识凯以前约会过的对象，结果又看错了。罗斯玛丽不断寻找，不时踮脚张望；她并不焦急，因为她知道即使自己没瞧见哈奇，哈奇也会看见她。

哈奇十一点五分没出现，十一点十分也没出现。到了十一点十五分，罗斯玛丽忍不住走进大楼查看大楼里的名单，心想或许能看到哈奇曾经提过的名字，那么她就能打电话过去询问了。结果目录太大，人名太多，无法一一细读；她快速翻阅众多字段，没看到熟悉的姓名，便又走了出去。

罗斯玛丽回到矮墙边，坐在先前的位置，盯住大楼前方，偶尔瞄着通向人行道上的短阶。她看到形形色色的男男女女，唯独不见哈奇的身影，他很少约会迟到。

十一点四十分，罗斯玛丽走回大楼里。一名维修员叫她到地下室去，白色长廊底端有块舒适的休息区，里头有时髦的黑椅、抽象壁画和一座不锈钢电话亭。亭子里有一名黑人女孩，但女孩不久便讲完话，带着友善的微笑出来了。罗斯玛丽进入亭内，打电话回公寓。铃响五声后，服务员答话了；没有人留言给罗斯玛丽，有一个叫鲁迪·豪恩的人给凯留了话，但不是哈钦斯先生。罗斯玛丽还有一个十分钱硬币，便拿来拨到哈奇家，也许他家柜台人员会知道他在何处，或听到他的留言。电话才响一声，便有一名女子用非服务员的担忧声音问："喂？"

"请问这是爱德华·哈钦斯公馆吗？"罗斯玛丽问。

"是的，请问你是哪位？"女人的声音听起来不老不少，也许四十多岁。

罗斯玛丽答道："我叫罗斯玛丽·伍德豪斯，我跟哈钦斯先生十一点有约，结果他一直没出现，请问你知道他会来吗？"

对方默不作声，良久不语。"喂？"罗斯玛丽问。

"哈奇跟我提过你，罗斯玛丽。"女人说，"我叫格蕾丝·卡迪夫，是他的朋友，哈奇昨晚病了，正确点儿说，是今天早上病了。"

罗斯玛丽心头一沉，问道："病了？"

"是的，陷入昏迷，医生们还没找出原因，他人在圣文森特医院。"

"噢，太可怕了。"罗斯玛丽说："我昨晚十点半左右还跟他说过话，他听起来很好呀。”

“我之后没多久也跟他说过话，”格蕾丝·卡迪夫说，“我也觉得他听起来很健康，可是他的清洁女工今早进来，发现他晕倒在卧室地板上。”

“他们不知道原因吗？”

“还不清楚，不过现在论断尚早，我相信他们很快便能查明，等找到原因后便可以治疗了。哈奇现在完全没有反应。”

“太糟了，”罗斯玛丽说，“他以前从没这样过吗？”

“从来没有。”格蕾丝·卡迪夫表示，“我现在要回医院了，你可以给我联络电话，有任何进展我会通知你。”

“噢，谢谢你。”罗斯玛丽把公寓电话给了她，然后问她有没有她能帮忙的地方。

“没什么需要你帮忙的。”格蕾丝·卡迪夫说：“我刚打过电话给他女儿，最多也只能做到这些，至少得等他清醒，如果有别的事，我会告诉你。”

罗斯玛丽从西格拉姆大楼出来，穿过前院，走下台阶，往北到五十三街街角。她越过公园大道，慢慢朝麦迪逊大道走。不知道哈奇能不能活命，万一他死了，她还能找到一个可以让她完全信赖的人吗？（好自私啊！）她还想到格蕾丝·卡迪夫，她的声音听来优雅迷人，她是否暗暗在跟哈奇谈黄昏恋？但愿如此。或许此次会与死亡擦肩而过——一定是这样的，只是擦肩而过，不是迎向死亡，不可能的，反而能将他们两人推向婚姻，结果因祸得福。也许……也许……

罗斯玛丽穿越麦迪逊大道，她在麦迪逊大道与第五街间的一处橱窗中，看到被灯光照亮的基督诞生场景，有漂亮的瓷娃娃马利亚、圣婴、约瑟、东方三博士，以及马槽边的牧羊人和羊群。那温馨圣洁而充满感情的场景令她微笑，暂时抛却心中的不可知论。接着她在展窗玻璃上，看到自己如薄纱般飘在基督诞生场景前的浅笑倒影。只见映在窗玻璃上的女人两颊凹陷，眼圈黯黑，这副模样昨天吓着了哈奇，现在则吓到了自己。

“哎哟，怎会这么巧！”米妮高声喊道，笑眯眯地朝她走来。罗斯玛丽扭身，看到穿着白色仿皮外套，戴着红帽和加链眼镜的米妮。“我跟我自己说呀：‘罗斯玛丽既然不在家，我干脆也出门，趁圣诞节前再买点东西。’结果就瞧见你了！我们俩真是心有灵犀，会去同一个地方，做同样的事情！哎哟，怎么了，亲爱的？你看起来好悲伤、好阴郁。”

“我刚刚听到了坏消息，”罗斯玛丽说，“我有位朋友生重病住院了。”

“噢，天啊。”米妮说，“是谁？”

“他叫爱德华·哈钦斯。”罗斯玛丽回道。

“就是罗曼昨天下午遇见的那位吗？怎么会这样，罗曼一直说他是位聪明的好人，跟我念叨了一个小时！太可惜了！他出了什么事？”

罗斯玛丽如实以告。

“天啊，”米妮说，“但愿不会变成植物人！医生们都不知道吗？至少他们还愿意承认，通常医生会用一堆拉丁文掩饰自己的无知。如果把花在送航天员上太空的钱用在地球的医疗研究上，我们大家就能过得更好了，这是我个人的看法。你还好吧，罗斯玛丽？”

“有点更痛了。”罗斯玛丽说。

“可怜的孩子，你知道我怎么想吗？我觉得我们应该回家了，你说呢？”

“不，不用了，你得去采购圣诞用品。”

“管他的，”米妮说，“还有整整两个星期。把耳朵捂好。”她将手腕凑到嘴上，尖声吹响金链手环上的哨子，一辆出租车朝她们驶来。“这玩意儿很好用吧？”她说，“拿来检查东西也很方便。”

不久罗斯玛丽又回到公寓里，在米妮鼓励的眼光中，喝下了蓝绿条纹杯里的酸冷饮料。

第四章

她一直吃一分熟的肉，现在则几乎吃全生的，仅烤去冰箱的冻气，将肉汁封住。

过节前几周及过节期间，罗斯玛丽心情极差，疼痛越来越强烈，痛到罗斯玛丽人都麻痹了。她不再抵抗，也忘记了何谓幸福。她不再响应，不再跟萨皮尔斯坦医生谈自己的疼痛，连想都不愿再想。痛楚原本一直揪在体内，现在则包围住她，疼痛宛如周边的气候、时间，甚至是她的整个世界了。麻木而筋疲力尽的罗斯玛丽开始睡得更多，也吃得更多——更多近乎全生的鲜肉。

该做的事她还是照做：做饭打扫、寄圣诞卡给家人——因为她不想打电话；在信封里放入新钞票，慰劳电梯员、门卫、脚夫及米克拉斯先生。她阅读报纸，努力关注学生焚烧征兵证及全市大众交通罢工的事，却兴味索然。这些全是来自幻想世界的新闻，只有她的疼痛才是真实的世界。凯帮米妮和罗曼买了圣诞礼物，两人则约好互不送礼。米妮和罗曼回送他们杯垫。

他们去附近看了几次电影，晚上大都待在家中，或绕过走廊，去米妮和罗曼家。两人在那边又认识了一些夫妻，方丹夫妇、吉尔莫夫妇、韦斯夫妇，还有一名老带着猫，叫萨巴蒂尼太太的女人，以及退休牙医尚德医生，罗斯玛丽的符坠链子就是他做的。这些都是上了年纪的人士，他们对罗斯玛丽和蔼可亲又充满关切，显然是因为看到她身体有恙。劳拉也来了，有时萨皮尔斯坦医生也会加入。罗曼是个活力充沛的主人，帮大家倒饮料，并不断丢出新的话题。除夕夜时，罗曼敬酒说："致一九六六，元年。"罗斯玛丽大惑不解，但其他人似乎都明白他的意思，并深表赞同。罗斯玛丽觉得自己像是少读了什么文章或政治文献，但她并不在乎。通常她和凯会提早离开，凯看她上床后再回去，他是那些"师奶"的最爱，大家围绕着他，被他的笑话逗到呵呵笑。

哈奇依旧昏迷不醒，格蕾丝·卡迪夫每周都会打电话来。"没有改变，一点变化都没有。"她说，"他们还是不知道原因，哈奇有可能明早便会醒来，或昏迷得更严重，永远无法醒来。"

罗斯玛丽跑了两趟圣文森特医院，她站在哈奇床边，无奈地俯望双眼紧闭、气若游丝的老先生。第二次是在一月初，哈奇的女儿多丽丝也在，她坐在窗边刺绣。罗斯玛丽一年多前曾在哈奇的公寓见过她；多丽丝是个三十几岁、娇小开朗的女人，可惜长得像戴了假发的年轻哈奇，她嫁给了一名在瑞典出生的心理分析学家。

多丽丝没认出罗斯玛丽，当罗斯玛丽重新自我介绍时，她懊恼地直道歉。

“拜托别这样。”罗斯玛丽笑道，“我知道我的气色很差。”

“没有，你一点都没变。”多丽丝说，“我很不会认人，连自己的小孩都会忘记，真的。”

她收起绣针，罗斯玛丽拉来另一张椅子陪她坐下。两人谈着哈奇的情况，一名护士进来更换吊挂的点滴瓶。

“我们两人都看同一位妇产科医生。”护士离开后，罗斯玛丽说，于是两人便开始谈起有关罗斯玛丽的孕事，以及萨皮尔斯坦医生的医术与声誉。多丽丝听到萨皮尔斯坦每周都帮罗斯玛丽看诊时，觉得十分讶异。“他一个月才见我一次，直到产期将近。”她说，“后来就改成两周一次，之后才是每周一次，但也仅在最后一个月才如此，我以为那才是标准做法。”

罗斯玛丽无言以对，多丽丝突然又一副很懊恼的样子：“不过我想每个人的状况不同。”她笑了笑，以掩饰刚才的粗率。

“他就是那样跟我说的。”罗斯玛丽表示。

当天晚上罗斯玛丽告诉凯，萨皮尔斯坦医生一个月才看多丽丝一次。“我一定有问题，”她说，“他从一开始就知道了。”

“别傻了。”凯说，“他会告诉你的，即使他不说，也一定会告诉我。”

“他有吗？他有跟你说什么吗？”

“他什么也没说，我对天发誓。”

“那我为什么得每星期看诊？”

“也许他现在改成这种方式了，或许他特别照顾你，因为你是米妮和罗曼的朋友。”

“不对。”

“我不知道，你去问他。”凯说，“也许你比多丽丝检查起来更有意思。”

两天后罗斯玛丽问萨皮尔斯坦医生。“罗斯玛丽呀，罗斯玛丽。”医生对她说，“跟朋友谈话这件事，我是怎么告诉你的？我不是说过，每个人的怀孕状况都不同吗？”

“是的，但……”

“所以看诊方式也会不同，多丽丝找我看诊前已生过两胎了，而且都没有并发症，不像生头胎的人，需要密切注意。”

“你向来都要求头胎产妇每周回诊吗？”

“我尽量，”他说，“有时我办不到。你没有什么问题，罗斯玛丽，疼痛很快就会停了。”

“我一直在吃生肉，”她说，“只加热一下下。”

“还有其他异常的地方吗？”

“没有。”她吓了一跳，难道那样还不够吗？

“想吃什么就放胆去吃，”医生说，“我跟你说过，孕妇会很想吃些特别的东西，我有位病人还吃纸呢。别再瞎担心了，我不会对患者隐瞒，这样会把人搞糊涂。我跟你说的是事实，好吗？”

罗斯玛丽点点头。

“帮我跟米妮和罗曼打声招呼，”他说，“还有凯。”

罗斯玛丽开始读《罗马帝国衰亡史》第二卷了，并开始织红橘色的条纹围巾，让凯排演时能戴着。大众交通罢工虽付诸行动了，但对他们的影响不大，因为他们大部分时间都待在家里。当天下午近晚，他们从家中飘窗看着底下缓缓移动的人群。“走啊，你们这些乡下人！”凯说，“快走啊！回家，回家，回家去吧！”

跟萨皮尔斯坦医生谈过吃生肉的事后，某天凌晨四点十五分，罗斯玛丽发现自己竟然在厨房里嚼食滴血的鸡心。她瞥见自己映在烤面包机上的晃动身影，然后看看自己的手，以及尚未吃完、拎在指上滴血的鸡心。一会儿后，罗斯玛丽走过去把鸡心扔进垃圾桶，打开水龙头洗手，然后任水兀自流着，身子在水槽上一弯，开始呕吐。

吐完后，罗斯玛丽喝了点水，洗净脸和双手，用喷水器清洗水槽内侧。她关掉水龙头，将手擦干，伫立思忖片刻，接着从抽屉里拿出笔记本和铅笔，坐到桌边开始写字。

近七点时，凯穿着睡衣走进来，罗斯玛丽将《生活食谱》摊在桌上，正在抄写里头的一份食谱。“你到底在干什么？”凯问。

罗斯玛丽看着他说：“拟定开派对用的菜单，我们一月二十二日要开派对，下下礼拜六。”罗斯玛丽看着桌上的几张纸片，拿起其中一张说：“我们邀请了埃莉斯·邓斯坦和她先生、琼和男伴、吉米与泰格尔、艾伦和他的约会对象、卢和克劳迪娅、陈氏夫妇、温德尔夫妇、迪·贝迪永和女伴，除非你不希望他带伴。麦克和佩德罗、鲍勃与西娅·古德曼，还有卡普一家。”她指指卡普家的方向，“再加上多丽丝跟阿克塞尔·阿勒特，如果他们肯来的话，多丽丝是哈奇的女儿。”

“我知道。”凯说。

罗斯玛丽把纸放下：“米妮和罗曼不在受邀之列，”她说，“劳拉、方丹夫妇、吉尔莫夫妇和韦斯夫妇也没有，萨皮尔斯坦医生也是。这是一个非常特别的派对，小于六十岁的人才能参加。”

“哇，”凯说，“我刚才以为我也不能参加。”

“噢，你可以的。”罗斯玛丽说，“你是调酒师。”

“太好了，”凯说，“你真的认为开派对是个好主意？”

“我觉得这是我这几个月来最棒的一个主意。”

“你不认为应该先问问萨皮尔斯坦医生吗？”

“为什么？只是一场派对而已，又不是要横渡英吉利海峡或攀登安娜普尔纳峰。”

凯走到水槽边扭开水龙头，用玻璃杯接水。“你知道那时我在排戏吧，十七号开始。”

“你什么事都不用做，”罗斯玛丽说，“只要回家施展魅力就行了。”

“还有当酒保。”他关掉水龙头，举杯喝着。

“那就聘一位好了，”罗斯玛丽说，“以前琼和迪克用过的那一位，等你准备上床睡觉时，我会把所有人赶走。”

凯转身看着她。

“我好想见他们，”她说，“我不想看到米妮和罗曼，我已经看腻他们了。”

凯避开她的眼神，望着地板，再看向她的眼眸。“那肚子痛怎么办？”他问。

罗斯玛丽苦笑道：“你难道没听到吗？再过一两天就会过去了，这是萨皮尔斯坦医生告诉我的。”

除了阿勒特夫妇因哈奇的缘故无法参加，陈氏夫妇要去伦敦帮卓别林拍照之外，所有人都能出席。原本想请的酒保因事无法到场，但他认识另一位能到场的酒保。罗斯玛丽将宽松的棕色天鹅绒送洗，还约了时间做头发，订购各种酒饮冰块，以及准备一种智利海鲜煲的食材。

派对前的周四早晨，米妮送饮料过来时，罗斯玛丽正在剥蟹肉和龙虾肉。米妮瞄着厨房说：“看起来很有意思，是要做什么的？”

罗斯玛丽站在前门，拿着冰冷的条纹玻璃杯说道：“我想把肉冻起来，星期六晚上再烤，我们会请一些人过来。”

“噢，你想找人到家里玩？”米妮问。

“是的。”罗斯玛丽说，“这些人都是很久不见的老友，他们还不知道我怀孕了。”

“愿意的话，我会很乐意帮忙。”米妮说，“我可以帮你装盘。”

“谢谢你，你人真好。”罗斯玛丽说，“不过我自己做得来，我们采取自助餐的形式，所以要做的事并不多。”

“我可以帮客人拿外套。”

“不用了，真的，米妮，你为我做的已经够多了，真的。”

米妮说：“你若改变主意的话，告诉我一声，把饮料喝了吧。”

罗斯玛丽看看手里的杯子，然后抬眼看着米妮：“我不想现在喝，待会儿等我喝完，再把杯子送过去给你。”

米妮说：“不趁新鲜喝就没效了。”

“不会搁太久的。”罗斯玛丽说，“你先回去吧，我稍后再把杯子送过去。”

“我等你喝，省得你跑一趟。”

“别这样，”罗斯玛丽说，“做饭时有人盯着，我会非常紧张，反正我晚点儿出门时会经过你家。”

“出门？”

“出去买东西。走吧，你太宠我了，真的。”

米妮往后退说：“别等太久，太久维生素就消失了。”

罗斯玛丽把门关上，拿着杯子走进厨房伫立片刻，然后直接将淡绿色的饮料倒入水槽的排水管里。

罗斯玛丽把海鲜煲准备好，哼着歌，觉得十分开心，她将锅子盖妥送入冷冻库，然后用牛奶、奶酪、蛋、糖和雪利酒为自己调制饮料。她将瓶子摇匀，倒出看起来极其可口的茶色饮料。“喝饮料喽，戴维或阿曼达。”罗斯玛丽尝了一口，发现好喝极了。

第五章

刚过九点半，看似不会有人来了。凯在火堆里添煤块，用钳子耙着，然后拿手帕擦手。罗斯玛丽穿着棕色天鹅绒衣服，顶着一头美丽的头发从厨房走出来，她痛到站在那里不动。酒保在卧室门外，埋首于柠檬皮、餐巾纸、玻璃杯和瓶子间忙着。他是个看起来颇有钱的意大利人，名叫雷纳托，感觉只是拿调酒当消遣，若是觉得太无聊，就会拍拍屁股走人。

接着温德尔夫妇到了——特德和卡罗尔——一分钟后，埃莉斯·邓斯坦和她跛着脚的老公休也来了。接着凯的经纪人艾伦·斯通带着一名叫蕾恩·摩根的漂亮黑人女模特到了，然后吉米与泰格尔、卢和克劳迪娅·康福特，以及克劳迪娅的兄弟斯科特也陆续抵达。

凯把大家的外套放到床上；雷纳托快速地调配饮料，看起来不那么无聊了。罗斯玛丽一一指称姓名道："吉米、泰格尔、蕾恩、艾伦、埃莉斯、休、卡罗尔、特德、克劳迪娅、卢和斯科特。"

鲍勃与西娅·古德曼又带了另一对夫妻同行——佩吉和斯坦·吉勒。"当然欢迎。"罗斯玛丽说，"别傻了，人越多越热闹！"卡普夫妇没穿外套便过来了："这趟旅程好累！"卡普先生（"我叫伯纳德！"）说，"一段公交车、三趟火车，还搭了游轮！我们五个小时前就离开了！"

"我能四处看看吗？"克劳迪娅问："如果其他地方跟这边一样漂亮，我真的会去撞墙。"

麦克和佩德罗送了艳红的玫瑰花，佩德罗用脸贴着罗斯玛丽的面颊低声说："叫他好好喂你，宝贝，你看起来像一罐蜡黄的碘酒。"

罗斯玛丽说："菲莉丝、柏纳德、佩吉、斯坦、西雅、鲍勃、卢、斯科特、卡罗尔……"

她把玫瑰拿到厨房，埃莉斯拿着饮料进来，手指夹着一根戒瘾用的假烟。"你运气真好，"她说，"这是我见过最棒的公寓，瞧瞧这个厨房。你还好吗，亲爱的？看起来有点儿累。"

"谢谢你说得如此委婉，"罗斯玛丽表示，"我身体不太舒服，但会好起来的。我怀孕了。"

"真的假的！太棒了！什么时候生？"

“六月二十八，周五我就怀孕五个月了。”

“太棒了！”埃莉斯说，“你还喜欢希尔医生吗？他简直是西方世界的梦幻男孩，对吧？”

“是啊，但我不是去看他。”罗斯玛丽说。

“不会吧！”

“我找了一位叫萨皮尔斯坦的医生，年纪较大。”

“为什么？他不可能比希尔更好了！”

“他挺有名气的，而且是我们朋友的朋友。”罗斯玛丽说。

凯探头进来。

埃莉斯说：“恭喜你，准爸爸。”

“谢谢。”凯答道，“小事一桩。要不要我把蘸酱拿出去，亲爱的？”

“噢，好，麻烦你了。瞧这些玫瑰！是麦克和佩德罗送的。”

凯从桌上拿起装着饼干和一碗淡粉色蘸酱的盘子：“你能拿另一个碗吗？”他问埃莉斯。

“当然。”埃莉斯拿起第二个碗，跟在凯后面。

“我再一分钟就出来。”罗斯玛丽喊道。

迪·贝迪永带了女演员波西娅·海恩斯同来，琼来电话说她和男友在另一个派对，一时间走不开，得晚半个小时才能到。

泰格尔说：“你这个保密到家的大坏蛋！”她抓住罗斯玛丽猛亲。

“谁怀孕了？”有人问，另一人答说：“罗斯玛丽。”

她将一瓶玫瑰摆到壁炉架上。蕾恩·摩根说：“恭喜恭喜，听说你怀孕了。”再将另一瓶放到卧室化妆台上。当她走出卧室时，雷纳托帮她调了杯威士忌加水。“第一批酒我会调得比较烈，先让大家开心起来，接下来便会调得淡一点。”

麦克在人群里晃悠，默声用嘴型说恭喜，罗斯玛丽笑了笑，也回道谢谢。

“特伦奇姐妹住过这里。”有人说。柏纳德·卡普表示：“还有艾德里安·马卡托和基斯·肯尼迪。”

“以及珀尔·艾姆斯。”菲·卡普莉丝说。

“什么姐妹？”吉米问。

“特伦奇，”菲莉丝说，“她们会吃小孩。”

“而且是真的吃哟！”佩德罗说。

罗斯玛丽闭眼屏住呼吸，因为痛楚来得更密集了，也许是因为酒的关系，她把酒推到一旁。

“你没事吧？”克劳迪娅问。

“嗯，没事。”她淡然一笑，“我刚才肚子绞痛了一阵子。”

凯正在跟泰格尔、波西娅·海恩斯和狄说话。“太早了，还很难说，我们只排演六天，不过演起来比在剧本上读好多了。”

“不可能演得更糟了。”泰格尔说，“嘿，另外那家伙发生了什么事？他还是看不见吗？”

“不知道。”凯答道。

波蒂雅说：“你是说唐纳德·鲍姆加特吗？你认识他，泰格尔，他就是跟佐伊·派珀尔同居的那个男生。”

“噢，就是他呀？”泰格尔说，“我不知道原来那是我认识的人。”

“他正在写一部很棒的剧本，”波蒂雅说，“至少开头两场戏很精彩，充满狂怒。很像他以前演的一个角色。”

罗斯玛丽问：“他还是看不见吗？”

“是啊，”波蒂雅说，“他们差不多要放弃希望了，他适应得非常辛苦，这个很棒的剧本就是这样写出来的，由他口述，柔伊撰写。”

琼来了，她的男友超过五十岁了。她拉着罗斯玛丽的手，将她拖到一旁，满面惧色地问：“你到底怎么了？哪里出问题了？”

“没问题，”罗斯玛丽说，“我怀孕了，就是这么回事。”

她跟泰格尔在厨房里拌沙拉，这时琼和埃莉斯走进来将身后的门关上。

埃莉斯说：“你说你的医生叫什么名字？”

“萨皮尔斯坦。”罗斯玛丽答道。

琼表示：“他对你的情况很满意吗？”

罗斯玛丽点点头。

“克劳迪娅说你刚才腹绞痛。”

“我会痛，但不久应该就会停了，这不算异常。”她说。

泰格尔表示：“哪种痛法？”

“就……痛嘛。剧痛，就这样而已，因为我的骨盆在扩张，而我的关节又太僵硬。”

埃莉斯说：“我以前也会痛，两次都这样。但仅维持几天，整片抽痛一下而已。”

“呃，每个人都不一样。”罗斯玛丽用两根木汤匙夹起沙拉，又将沙拉放回碗内，“每个人怀孕的过程都不同。”

“也没那么不同。”琼说，“你看起来像集中营的犯人，你确定这名医生知道自己在做什么吗？”

罗斯玛丽开始挫败地轻声啜泣，手中依然拿着插在沙拉里的木匙，泪水从脸庞淌下。

“噢，天啊。”琼说着，求助地望着泰格尔，泰格尔抚着罗斯玛丽的肩膀说，“嘘，嘘，别哭，罗斯玛丽，嘘。”

“哭一哭也好。”埃莉斯说，“最好哭出来，让她哭吧，她整晚紧绷得跟什么似的，真不知道是什么原因。”

罗斯玛丽哭个不停，脸上交错着黑色的泪痕。埃莉斯引她坐到椅子上；泰格尔拿开她手里的汤匙，把沙拉盆挪到桌子远处。

门正要开时，琼冲过去将门挡住。是凯：“嘿，让我进去。”他说。

“很抱歉，”琼说，“仅限女生。”

“让我跟罗斯玛丽讲讲话。”

“不行，她正在忙。”

凯说：“我得洗杯子。”

“去浴室洗。”她用肩头一顶，将门关上，然后倚在门上。

“妈的，快点开门。”凯在外头喊。

罗斯玛丽继续哭泣，她垂着头，双肩抽搐，两手瘫放在腿上。埃莉斯蹲下去，拿着毛巾一角，每隔一会儿便帮她擦脸；泰格尔帮她抚平头发，试着放松她的肩膀。

泪水缓了下来。

“我疼得好厉害，”她抬脸看着她们说，“我好怕宝宝会死掉。”

“他有帮你做任何处理吗？”埃莉斯问，“开药给你或做任何治疗？”

“没有，什么都没有。”

泰格尔说：“什么时候开始疼的？”

罗斯玛丽呜咽着。

埃莉斯问：“什么时候开始疼的？”

“感恩节之前，”她说，“十一月。”

埃莉斯说：“十一月？”门口的琼说：“什么？”泰格尔表示：“你从十一月就开始痛，而他竟然什么都没帮你处理？”

“他说疼痛会停。”

琼说：“他有找另一名医生帮你检查吗？”

罗斯玛丽摇头道：“他是一位非常棒的医生。”埃莉斯帮她擦脸，“他很有名，还上过电视。”

泰格尔说：“他听起来像个虐待狂，罗斯玛丽。”

埃莉斯表示：“疼成那样，就表示不太对劲，我不是故意吓你，但你去看看希尔医生，听听别人的意见，别只听那个……”

“那个疯子的话。”泰格尔说。

埃莉斯接道：“他让你一味忍疼，是不对的。”

“我绝不堕胎。”罗斯玛丽说。

门边的琼向前探身轻声说：“没有人要你堕胎！只是要你去看

另一位医生而已。”

罗斯玛丽拿过埃莉斯手里的毛巾，轮番擦着眼睛，然后看着毛巾上的睫毛膏说：“医生说一定会发生这种事，我的朋友一定会认为她们怀孕的状况才正常，而我的不正常。”

“这话是什么意思？”泰格尔问。

罗斯玛丽看着她：“医生要我别听朋友的话。”

泰格尔回道：“你最好听！医生怎么能给出这种奇怪的破建议？”

埃莉斯说：“我们只是叫你再找另一位医生检查，若能让病人安心，我想任何良医都不会反对。”

“你一定要去检查，”琼说，“星期一早上的首要任务。”

“我会的。”罗斯玛丽说。

“一定会吗？”埃莉斯问。

罗斯玛丽点点头：“我保证。”她对埃莉斯笑了笑，然后也对泰格尔和琼微笑说，“我觉得好多了，谢谢你们。”

“你看起来糟多了。”泰格尔打开自己的皮包。“把眼睛整理一下，全部收拾好。”她将两个一大一小的粉盒摆到罗斯玛丽面前的桌上，还有两根长管和一只短的管子。

“瞧瞧我的衣服。”罗斯玛丽说。

“都湿了。”埃莉斯拿起毛巾走到水槽边。

“唉呀，大蒜面包！”罗斯玛丽大叫一声。

“是要放进去烤还是要拿出来？”琼问。

“放进去。”罗斯玛丽边刷着睫毛膏，边指着冰箱上面两条用锡箔纸包好的面包。

泰格尔开始拌沙拉，埃莉斯擦着罗斯玛丽腿上的袍子："下回你要哭，就别穿天鹅绒衣服。"

凯走了进来，看着这些人。

泰格尔说："我们在交换美容秘诀，你也要听吗？"

"你还好吗？"他问罗斯玛丽。

"很好啊。"她露出微笑说。

"溅到一点沙拉酱而已。"埃莉斯说。

琼问："能不能给我们这些厨房员工上一轮酒？"

海鲜煲获得巨大成功，沙拉亦然。（泰格尔压低声音对罗斯玛丽说："加了泪水，别具风味。"）

雷纳托确认好红酒，便大肆地开瓶，然后一本正经地侍酒。

克劳迪娅的兄弟斯科特待在小室里，腿上摆着盘子说："他叫阿尔蒂泽，好像住在亚特兰大；他说上帝之死是我们这个年代的历史事件，现在上帝是真的死了。"卡普夫妇、蕾恩·摩根和鲍勃·古德曼坐着边听边吃。

在客厅飘窗边的吉米说："嘿，开始下雪了！"

斯坦·吉勒讲了一串非常毒舌的波兰笑话，逗得罗斯玛丽哈哈大笑。"小心喝醉了。"凯在她肩头旁喃喃地说，罗斯玛丽扭头对他晃晃酒杯，大声笑说："这只是姜汁汽水！"

琼的五十多岁男友坐在她椅子旁的地板上，抬头热切地跟她聊着，一边抚弄她的脚与脚踝。埃莉斯跟佩德罗聊天，他点点头，看着房间另一边的麦克和艾伦。克劳迪娅开始帮大家看手相。

威士忌快喝完了，但其他酒水都还很充足。

罗斯玛丽端来咖啡，清了烟灰缸，也清洗了玻璃杯，泰格尔和卡罗尔也来帮忙。

之后她跟休·邓斯顿一起坐在飘窗边喝咖啡，看着纷落无尽的湿厚雪片，偶尔会有雪片敲击在菱形的窗玻璃上，然后滑落消融。

“我年复一年地发誓要离开这座城市。”休说，“远离罪恶、噪音及其他一切，然而每年下雪或纽约举行鲍嘉电影节时，我却依旧在这里。”

罗斯玛丽淡淡一笑，看着落雪。“所以我才会想要这间公寓，这样我就可以坐在这里，生着火，欣赏雪景了。”

休看着她说：“我敢打赌你还会读狄更斯的作品。”

“当然喽，”她说，“没有人不爱看狄更斯。”

凯走过来找她说：“鲍勃和西雅要走了。”

所有人在两点前都离开了，罗斯玛丽和凯独自待在客厅里，四处是狼藉的杯子、用过的纸巾和满溢的烟灰缸（“不要忘了。”埃莉斯离开时悄声说。她怎会忘记）。

“现在要做的事是，搬家。”凯说。

“凯。”

“什么事？”

“我要去看希尔医生，星期一早上就去。”

凯看着她，没说话。

“我要请他帮我检查，萨皮尔斯坦医生不是在说谎就是疯了……我不知道。这种疼法是种警告，表示有问题。”

“罗斯玛丽。”凯说。

“而且我再也不喝米妮的饮料了，”她说，“我要跟别人一样吃维生素丸，我已经三天没喝了，我让她把饮料留下来，然后倒掉。”

“你——”

“我自己调饮料喝。”她说。

他聚集起所有的惊诧与愤怒，指着身后的厨房，对她吼道：“那些婊子就是在厨房给你那些建议吗？那是她们今天给你的暗示吗？要你换医生？”

“她们是我的朋友，”罗斯玛丽说，“请别叫她们婊子。”

“她们是一群不该管别人闲事的蠢婊子。”

“她们只是要我听听别人的意见。”

“你看的是纽约最棒的医生，罗斯玛丽，你知道希尔医生是什么东西吗？他什么也不是。”

“我已经听腻了萨皮尔斯坦医生有多厉害，”她开始哭道，“我从感恩节前就开始疼了，他却只会告诉我，疼痛很快就会停止！”

“不许你换医生，”凯说，“这样我们两边都得付钱，想都别想。”

“我没有要换医生，”罗斯玛丽说，“我只是想让希尔也检查一下，听听他的意见。”

“不许你那么做，”凯说，“那样……那样对萨皮尔斯坦不公平。”

“不公平？你在说什么？那样对我就公平了吗？”

“你想听别的意见？好，告诉萨皮尔斯坦；让他决定去听谁的意见，至少对这位医界大佬表示尊重。”

“我要希尔医生，”她说，“你要是不付钱，我自己付……”她突然闭起嘴，浑身僵麻，动也不动地站着。一滴泪水朝她嘴角滑落。

“罗斯？”凯问。

疼痛停止了，消失了，就像卡住的汽车喇叭，终于不再响了。就像任何消失的事物一样，离去不再复返。感谢老天垂怜，痛感消失不见了，噢，等她缓口气时，感觉一定非常舒畅！

“亲爱的？”凯担心地向前走近一步。

“停了。”她说，“疼痛停了。”

“停了？”他问。

“就在刚才。”她勉强地对他微笑，“停了，就这样停了。”她闭上眼睛深深吸气，然后再深吸些。从感恩节前，她已经很久很久不曾如此深呼吸过了。

罗斯玛丽张眼时，凯仍一脸担忧地看着她。

“你调的饮料里放了些什么？”他问。

她心头一沉，宝宝被她用雪利酒害死了，或是坏掉的蛋，或是加起来的那些东西。宝宝死了，所以才会不疼了。痛楚等于宝宝，而她竟傲慢地害死了孩子。

“一颗蛋、牛奶、奶酪、糖。”她眨眨眼，擦擦脸，看着凯，尽量把酒的毒性一笔带过，“还有雪利酒。”

“多少雪利酒？”他问。

体中有个东西在动。

“很多吗？”

又动了一下，以前那里从不曾有动静，现在却被推挤了一下。罗斯玛丽咯咯笑着。

“罗斯玛丽，看在老天的份上，你到底喝了多少？”

“还活着，”她又咯咯笑了起来，“在动了，没事了，孩子没死，正在动啊。”她垂首望着棕色绒布下的肚子，双手在上头轻轻压着。现在有两个东西在动了，也许是两只手或脚，一个在这边，一个在那边。

她径自盯着肚皮，一边朝凯伸出手，快速地摆动手指要抓住他。凯走近把手递给她，罗斯玛丽把凯的手按到侧腹部，孩子又动了。“感觉到了吗？”罗斯玛丽看着凯问，“在那边，又动了，感觉到了吗？”

他脸色苍白地抽开手：“是，”他说，“我感觉到了。”

“没什么好怕的。”罗斯玛丽扬声大笑，“又不会咬你。”

“太好了。”凯说。

“就是啊。”她再次捧住自己的肚子低头看着。“它活着，正在里头乱踢。”

“我来清理一下。”凯说，拿起烟灰缸和玻璃杯，然后再捡起一只杯子。

“好了，戴维或阿曼达，我们知道你在那儿了，现在乖乖地让妈咪把家里收拾干净。”她大笑说：“我的天，这孩子好活泼！应该是男孩吧？”

罗斯玛丽又说：“好了，别急，你还有五个月才出生，省点力气吧。”

接着她笑道：“凯，来跟他说说话，你是孩子的父亲，叫他别那么性急。”

罗斯玛丽不停地笑着，哭着，用两手抱住自己的肚子。

第六章

以前的状况如此恶劣，如今竟如此美好，疼痛既止，自然便能安睡。罗斯玛丽可以无梦地连续睡上十个小时，睡饱后肚子便饿了，她想吃煮熟的肉，而非生肉，想吃鸡蛋、蔬菜、奶酪、水果和牛奶。罗斯玛丽骷髅般的脸庞不到几天便长出肌肉，圆润了起来。几个星期后，她已有了孕妇该有的模样：容光焕发、健康、骄傲，前所未有的美丽。

她一拿到米妮的冷饮便喝到精光，一滴不剩，用它洗去“我杀死了宝宝”的罪恶记忆。现在除了饮料，米妮还送来一种像杏仁蛋白软糖的白色厚实蛋糕；罗斯玛丽也是立即吃掉，一来喜欢那糖果般的味道，二来决心当世上最尽责的孕妇。

萨皮尔斯坦医生本可以得意洋洋地说，疼痛本来就会停止，但幸好他没这么做，医生仅是表示："也差不多该停了。"然后把听诊器贴到罗斯玛丽鼓胀的腹部聆听胎动，医生的兴奋之情溢于言表，实在不像产科老手会有的反应。罗斯玛丽寻思，也许优秀的产科医生与一般医生的差异，就在于他们更有热情。

她买了几件孕妇装：一套两件式黑色洋装、米色套装、带着白色圆点的红色洋装。开完派对后两周，罗斯玛丽和凯跑去参加卢及克劳迪娅·康福特的派对。"你看起来变好多！"克劳迪娅拉住罗斯玛丽的手说，"你看起来好一倍、好十倍了，罗斯玛丽！"

走廊对面的古尔德太太说："你知道吗？几星期前我们还担心得要命，你看起来好消沉，好僵滞。可这会儿你却像变了个人似的，真的，阿瑟昨晚还说你变了很多。"

"我现在觉得好多了，"罗斯玛丽答道，"有的人怀孕一开始很辛苦，后来渐入佳境，有的则相反，我很庆幸自己是倒吃甘蔗型的。"

现在她意识到以前被剧痛掩去的小痛了，背脊肌肉酸疼，乳房也会肿痛，但这些不适都是典型症状，萨皮尔斯坦医生逼她丢掉的那本平装书里都提过了，感觉上也没什么问题，而且反倒能增加她的幸福感。她还是对盐反胃，但这有什么关系？

凯的戏在换过两次导演、更改三次戏名后，二月中终于在费城开演了。萨皮尔斯坦医生不许罗斯玛丽跟团巡回表演，因此她和米妮、罗曼、泰格尔在开演当天下午，坐着吉米开的古董车一起到费城去。行车途中气氛颇为凝重，因为罗斯玛丽、吉米和泰格尔在剧团离开纽约前，已经在空荡的舞台上看过彩排了，大家都不看好。他们只希望能有一两位剧评人对凯的表演情有独钟，因为罗曼举了诸多知名演员在不重要或平凡的小戏中，博得青睐的例子。

这出戏加上场景、服装和灯光后，依旧冗长乏味；演出后的派对，大伙拆成几小群默然抑郁的小团体。凯的母亲专程从蒙特利尔飞来，对他们这群人坚称说，凯非常杰出，戏也非常精彩。这位娇小活泼的金发妇人，叽叽喳喳地对罗斯玛丽、艾伦、吉米、泰格尔、凯、米妮和罗曼信誓旦旦。米妮和罗曼平静地微笑着，其他人则坐在那边发愁。罗斯玛丽觉得凯的表现岂止是杰出，以前看他演出《路德》和《没人喜爱信天翁》时，她也是这么觉得，但结果两部戏都未能吸引剧评人的注意。

午夜后，两份剧评出炉了；两篇评论对全剧都没什么好话，却对凯的演出赞不绝口，其中一篇以两大段篇幅对他赞誉有加。翌日早晨，第三篇剧评出来了，标题是“精彩演出，新喜剧亮点！”，并说凯是“一位默默无闻，却技压全场的年轻演员”，将来势必“会有更重要且精彩的演出”。

回纽约的车程，气氛比来时开心太多了。

凯出门在外时，罗斯玛丽找了很多事让自己忙个不停。她终于去订购黄白色的婴儿房壁纸、婴儿床、衣柜及折叠式浴盆了。有些拖延许久的信该写了，她得向家人报告所有消息，还得购买婴儿衣服和更多孕妇装，以及做各式各样的决定，如孩子的出生公告、喂母乳或奶粉，以及孩子的名字、名字、名字。安德鲁或道格拉斯或戴维；阿曼达或珍妮或霍普。

她因为打算顺产，还得早晚运动。罗斯玛丽很想顺产，萨皮尔斯坦医生也全心赞成，除非她在临盆最后一刻提出要求，他才会帮她打麻醉针。罗斯玛丽躺在地板上，朝空中直直地抬起腿，定住数十下；她练习浅呼吸和喘气，想象汗流浃背的胜利一刻，她将看到孩子一寸寸从自己体内推挤而出。

晚上她到米妮和罗曼家，有一夜到卡普家，另一夜去找休和埃莉斯（“你还没有固定护士吗？”埃莉斯问，“你应该先安排好，现在她们都被订走了。”然而第二天当她打电话给萨皮尔斯坦医生时，医生告诉她说，他已找到一名很棒的护士，在她生产完后，需要她陪伴多久都行。他没跟她说过吗？是最优秀的护士之一，菲茨帕特利克小姐）。

凯每隔两三天便会在结束当天演出后打电话来，他跟罗斯玛丽谈戏中所做的变动，以及他获得的好评；罗斯玛丽跟他谈及菲茨帕特利克小姐、壁纸，以及劳拉正在织的变形毛线鞋。

演完十五场后，巡演结束了，凯又回到家里，但两天后还要去加州的华纳兄弟试镜，然后他就能回家休息了。凯下一季有两个好角色可以挑选，还有十三集半小时长的《格林尼治村》要拍。华纳兄弟提出了价码，但被艾伦拒绝了。

宝宝踢得很凶，罗斯玛丽要它别再乱踢，否则老妈就要踹回去了。

她姐夫，玛格丽特的老公打电话来报喜，说生了个八磅重的男孩：凯文·迈克尔。之后他们刊登了一篇过分可爱的出生公告：一个红彤彤的宝宝，并宣布他的名字、生日、体重和身长。（凯说："怎么漏了血型？"）罗斯玛丽决定将来只要简单地说出宝宝姓名、父母的名字和出生日期就好。孩子将命名为安德鲁·约翰或珍妮弗·苏珊。她一定会喂母乳，不用奶瓶。

他们把电视搬到客厅，然后把小屋里的其他家具送给需要的朋友。壁纸送来了，非常完美，也贴起来了；婴儿床、衣柜和洗澡架都送到了，罗斯玛丽先试做摆设，后来又换了个方式摆放。罗斯玛丽在衣柜里放了浴液、尿不湿，以及非常小件的衬衫，小到罗斯玛丽拿起一件仔细看，忍不住出声大笑。

"安德鲁·约翰·伍德豪斯，"她说，"别再踢了！你还得待两个月！"

他们庆祝结婚两周年和凯的三十三岁生日；又办了一次派对，跟邓斯顿、陈氏夫妇、吉米和泰格尔共进晚餐；他们去看了《摩根！》及《玛姆》的试映。

罗斯玛丽越来越胖，一对乳房高踞在日益隆大绷紧的肚皮上，她的肚脐渐渐撑平，腹部因宝宝的翻动而凸挤波动。她早晚都做运动，抬腿、蹲坐、浅呼吸、喘息。

五月底，罗斯玛丽怀胎九月，她整理一只小行李箱，装上住院时需要的物品：睡衣、哺乳内衣、新的拼布居家服等，然后把行李箱放到卧室门口。

六月三日星期五，哈奇病逝于圣文森特医院，哈奇的女婿阿克塞尔·阿勒特在周六早晨打电话通知罗斯玛丽。他说，葬礼将于周二上午十一点举行，地点在西六十四街的民族文化中心。

罗斯玛丽哭了，一为哈奇的去世，二为过去数月对他的忽略，罗斯玛丽觉得自己仿佛加速了他的死亡。格蕾丝·卡迪夫曾打过一两次电话，罗斯玛丽也打过一次电话给多丽丝，但她一直没去看哈奇，因为他仍深陷昏迷当中，看了似乎也没有什么意义，而且她自己才刚恢复元气，很忌讳接近病人，怕殃及自己和宝宝。

凯听到消息时，脸色灰白，沉默地把自己关起来数个小时，罗斯玛丽没想到他的反应会如此强烈。

罗斯玛丽独自去参加告别仪式；凯在拍片，无法脱身；琼生病不宜参加。告别仪式选在一间漂亮的礼堂举行，约有五十人出席。仪式十一点举行，十分简短。阿克塞尔·阿勒特致了一小段辞，接着是另一位认识哈奇多年的男子，然后罗斯玛丽跟随大家慢慢走到礼堂前方，对亚洛特夫妇和哈奇的另一位女儿埃德娜及女婿致哀。一名妇人搭住罗斯玛丽的肩膀说："对不起，你是罗斯玛丽吗？"这位打扮时尚、五官细致的半百灰发妇人说，"我是格蕾丝·卡迪夫。"

罗斯玛丽拉住她的手跟她寒暄，并感谢她打电话告知。

"我昨晚本来要把这个寄出去的。"格蕾丝·卡迪夫拿着一个书本大小的牛皮纸袋说，"后来我想今早也许会遇到你。"她将纸袋交给罗斯玛丽，罗斯玛丽看到袋子上写着自己的名字地址，以及寄件人格蕾丝·卡迪夫的地址。

"这是什么？"她问。

“一本哈奇要给你的书，他特别强调这件事。”

罗斯玛丽不懂她在说什么。

“哈奇临终前几分钟恢复了意识，”葛瑞丝表示，“当时我不在场，但他叫一位护士转告我，要我把他书桌上的这本书拿给你。他病倒当晚显然正在读这本书。哈奇非常坚持，跟护士叮嘱了两三次，要她保证不会忘记，他要我告诉你说：‘名字是颠倒字母的顺序’。”

“是书名吗？”

“应该是吧，但哈奇当时神智不清，因此很难确认。他似乎拼命挣扎醒来，然后又力竭而亡。一开始哈奇以为当时是他昏迷后的早晨，还提到跟你十一点有约……”

“是的，那天我们约好要碰面。”罗斯玛丽说。

“接着他似乎想起发生了什么事，便吩咐护士叫我把书交给你。他重复说了好几遍，然后就走了。”葛瑞丝笑了笑，仿佛这是一场愉快的谈话，她说：“是一本跟巫术有关的英文书。”

罗斯玛丽困惑地看着包裹说：“我实在不懂他为什么要给我这本书。”

“他反正是要给了，你就收着吧，还有，书名是倒错的字母。可爱的哈奇把一切弄得像男孩的历险，不是吗？”

两人一起走出礼堂，离开大楼来到人行道上。

“我要去上城，要不要我顺便载你到什么地方？”葛瑞丝问。

“不用了，谢谢你。”罗斯玛丽说，“我要往南走。”

两人来到街角，其他参加葬礼的人也正在拦出租车；一辆车子开过来，两名拦车的男子把车让给罗斯玛丽，她言谢婉拒，但两名男士十分坚持，继而将车让给葛瑞丝，但她也不肯接受。“这怎么成，”她说，“你是孕妇，当然优先。宝宝什么时候生？”

“六月二十八号。”罗斯玛丽向男士们道谢，然后坐进出租车里。车子很小，爬进去有点困难。

“祝你好运。”格蕾丝·卡迪夫帮她关上车门。

“谢谢你，”罗斯玛丽答道，“也谢谢你拿书过来。”她吩咐司机：“请到布拉德福德大厦。”然后透过打开的车窗，对格蕾丝·卡迪夫微笑，随后便坐车离去。

第七章

她本想在车中打开包裹，但司机在车里放了一堆烟灰缸、镜子和手写标示，请乘客维护清洁，保持公德心，拆下的包裹绳子和纸张岂不成了垃圾。因此罗斯玛丽直接回家，脱掉鞋子衣服腰带，套上拖鞋和一大件新的青绿色条纹工作服。

门铃响了，罗斯玛丽拿着未拆的包裹去应门，是米妮送来饮料和白色小蛋糕。“我听到你进门，”她说，“葬礼结束得好快。”

“但很温馨。”罗斯玛丽接过杯子说，“哈奇的女婿和另一位男士谈了一下哈奇的为人和令人缅怀之处，就这样而已。”她喝了几口淡绿色的饮料。

“听起来葬礼办得很得宜。”米妮说，“你已经收到信啦？”

“不是信，是别人给我的。”罗斯玛丽又喝了一口饮料，决定不提包裹是谁给的、原因是什么，以及哈奇醒来的事。

“来，我帮你拿。”米妮接过包裹，让罗斯玛丽接过白色小蛋糕。“噢，谢谢。”罗斯玛丽说。

罗斯玛丽边吃边喝。

“是书吗？”米妮掂掂包裹说。

“嗯，对方本想用寄的，后来想到葬礼上会见到我。”

米妮读着包裹上的寄件人地址：“噢，我知道那栋房子。”她说，“吉尔莫夫妇家搬到他们现在住的地方之前，就住在那儿。”

“哦？”

“我以前去过很多次，‘葛瑞丝’是我最喜欢的名字之一，是你的女性朋友吗？”

“是的。”罗斯玛丽懒得多做解释，反正没什么区别。

她吃完蛋糕喝完饮料，接回米妮手里的包裹，把玻璃杯还给她，微笑地：“谢谢你。”

米妮说：“这样吧，罗曼待会儿要下去洗衣服，你有东西要倒或要拿的吗？”

“没有，谢了。晚一点会见到你们吗？”

“当然，你何不小睡一会儿？”

“我正有此打算，再见。”

罗斯玛丽关门走回厨房，用削皮刀割断绳子，拆开牛皮纸。里面有本J.R·汉斯雷特写的《巫魔族》。这部黑色的书并不新，烫金字体已磨尽了，衬页上有哈奇的签名，书页下印着“托基[1]，一九三四”的字样。书封底里的下头，有张印着瓦格豪恩父子书商的蓝色小贴纸。

罗斯玛丽把书带到客厅，边走边快速翻阅，偶尔会看到一些维多利亚时期道貌岸然人士的照片。内文中，有几处哈奇画的线和标记，她认得这标记，以前两人常来往时，哈奇借给她的书里也会这么画。有句画了下划线的句子写道：“这种菌类，他们称为‘恶魔的胡椒’。”

她坐到飘窗边，看着内容表。艾德里安·马卡托的名字跳入她眼帘；那是第四章篇名，其他章节则描写其他人。按这本书的书名看来，所有人应该都是巫师：吉尔莱斯·德·赖斯男爵[2]、简·温汉姆[3]、阿莱斯特·克劳利[4]、托马斯·威尔[5]。最后几篇是“巫术演练”及“魔法与恶魔崇拜”。

罗斯玛丽翻到第四章，浏览二十多页的内容；一八四六年，马卡托生于苏格兰格拉斯哥，不久被带到纽约（画了下划线），一九二二年去世于克基拉岛。书中描述马卡托在一八九六年宣称召唤撒但时引发的骚乱，并受到布拉德福德大厦外的暴民攻击（并非如哈奇说的在大厅里），类似情形也发生在一八九八年斯德哥尔摩以及一八九九年的巴黎。这个黑胡子男人有一对催眠眼，罗斯

---

① Torquay，英国东南小镇。

② Gilles de Rais，英法百年战争时期的法国元帅，著名的黑巫术师。

③ Jane Wenham，英国女演员。

④ Aleister Crowley，英格兰神秘学家、作家、登山家。

⑤ Thomas Weir，苏格兰术士。

玛丽觉得他的站姿肖像有点眼熟。次页里的马卡托跟妻子海西雅和儿子史蒂文（加了下划线）一起坐在巴黎的咖啡桌边，感觉较为家常。

这就是哈奇送她书的原因吗？让她读到有关马卡托的细节？为什么？他不是很早便警告过她，但后来又表示证据不足吗？她翻阅剩余部分，在接近尾声时，停下来细读其他画线的地方。其中一段写道："事实依然不变，无论我们信或不信，但他们确实坚信不疑。"隔了几页之后："世人相信鲜血的力量"，以及"四周环绕着蜡烛……不须多说，当然也都是黑色的蜡烛"。

哈奇看到停电当晚米妮送过来的黑蜡烛时吓了一跳，开始提出一堆跟米妮和罗曼相关的问题。这本书是否影射他们是巫师？米妮和她的草药、单宁根符，罗曼和他锐利的眼神？可是真的有巫师吗？不会吧。

接着她想起哈奇留下的另一部分信息，书名的字母颠倒了。All Of Them Witches。罗斯玛丽在脑中拼凑字母，试图重组别的意思，但她凑不出来，有太多字了，无从拼起。她需要铅笔和纸，或最好有一套重组拼字游戏的字符码。

她到卧室翻出拼字游戏，再次坐回飘窗边，打开游戏板摊在膝上，从旁边的盒子里挑出字母牌，拼出 All Of Them Witches 几个字。安分了一整个早上的宝宝开始在体中躁动。你将来会是天生的拼字高手，罗斯玛丽笑着思忖，宝宝踢动着，罗斯玛丽说："嘿，别乱动。"

把 All Of Them Witches 都摆到字板上后，罗斯玛丽将字母打散，看还能拼出什么字。她拼出 comes with the fall，拿木制的字母小牌又拼了几分钟后，排出 how is hell fact met。这两段话似乎都没有意义，who shall meet it、we that chose ill 以及 if he shall come 都还有剩余的字母。太蠢了吧，书名怎么可能包含独留给她的密语，葛瑞丝不是说过，哈奇神智不清了吗？她简直是浪费时间，Elf shot lame with、Tell me which fatso。

或许需要重拼的是作者的名字，而非书名，也许 J.R. Hanslet 是笔名；仔细一想，听起来确实不像真名。

罗斯玛丽捡出新的字母。

宝宝踢了一下。

J.R. Hanslet 可以是 Jan Shrelt 或 J.H. Snartle。

这样还比较说得过去。

可怜的哈奇。

她将板子一倾，把字母倒回盒子里。

摊放在盒子后方，飘窗座椅上的书本，刚好翻到艾德里安·马卡托与妻儿的照片，也许哈奇在“史蒂文”三个字下画线时，用力压过这一页。

宝宝静静躺在她腹中，没有乱动。

罗斯玛丽把板子放回膝上，从盒子里挑出 Steven Marcato（史蒂文·马卡托）的字母牌将名字拼好，然后凝视片刻，开始移动字母。她精准而毫不费力地拼出了罗曼·卡斯特韦特（Roman Castevet）的名字。

接着再拼回 Steven Marcato。

然后又拼出 Roman Castevet。

宝宝微微踢动。

她读了关于艾德里安·马卡托的那一章节，以及“巫术演练”，然后回厨房吃了些鲔鱼沙拉、生菜和西红柿，一边思索刚才读到的内容。

她正要开始读“魔法与恶魔崇拜”那一章时，前门打开了，有人推着门链。随即门铃大作，罗斯玛丽跑去看是谁。原来是凯。

“干吗上门链？”罗斯玛丽放他进门时，凯问。

罗斯玛丽默默关门重新闩上链子。

“怎么回事？”他拿了一束雏菊和一个布龙齐尼时装店的盒子。

“进来再告诉你。”凯把雏菊交给罗斯玛丽，并吻了她一下。

“你还好吗？”他问。

“还好。”罗斯玛丽走进厨房。

“告别仪式如何？”

“很好，非常简短。”

“我弄到《纽约客》杂志里的那件衬衫了。”凯走进卧室喊说：“嘿，《晴朗的一天》和《摩天楼》两出戏都要下档了。”

罗斯玛丽把雏菊插到蓝色大水罐里，然后把花拿到客厅。凯走进来把衬衫拿给她看，罗斯玛丽称赞一番。

然后她说：“你知道罗曼的真实身份吗？”

凯眨眨眼，看着她皱眉：“这话是什么意思，亲爱的。”他说，“他就是罗曼啊。”

“他是艾德里安·马卡托的儿子，那个自称能召唤撒但，在楼下受到暴民攻击的家伙。罗曼是他儿子，史蒂文。把‘史蒂文·马卡托’重新拼过，就变成‘罗曼·卡斯特韦特’了，那是重新排列过的名字。”

凯说：“谁告诉你的？”

“哈奇。”罗斯玛丽将《巫魔族》及哈奇的交代告诉了凯，并把书拿给他看。凯放下衬衫拿起书，看看书名页、内容表，然后用大拇指慢慢翻看全书。

“这就是罗曼十三岁的时候，”罗斯玛丽说，“瞧见那对眼睛了没？”

“有可能只是巧合。”凯说。

“他住在这里也是另一种巧合吗？住在史蒂文·马卡托成长的房子里？”罗斯玛丽摇头道，“年纪也很吻合，史蒂文·马卡托生于一八八六年八月，所以现在是七十九岁，罗曼也是，这可不是巧合。”

“也许不是。”凯翻了更多页，“我猜他应该就是史蒂文·马卡托了，可怜的怪老头，难怪他要改名字，谁让他父亲是个疯子。”

罗斯玛丽犹疑地看着凯说：“你该不会认为他跟……跟他父亲一样？”

“你这话是什么意思？”凯对她笑说，“你是说巫师吗？魔鬼的崇拜者？”

她点点头。

凯说：“亲爱的，你是在说笑吗？你真的……”他放声大笑，把书还给她，“哎哟，亲爱的。”

“那是一种宗教，”她说，“一种早期的宗教，后来遭到排挤。”

“好吧，”他说：“但这年头哪儿还有这种事？”

“他父亲是殉教者，”罗斯玛丽说，“他一定是那样认为的。你知道艾德里安·马卡托死于何处吗？他死在克基拉岛的马厩里，因为旅馆不肯收留他。真的，‘客栈里没空房间了’，所以他只好死在马厩里，而罗曼当时就陪在艾德里安身旁。你认为罗曼在父亲经历过那些事之后，会放弃信仰吗？”

“亲爱的，现在是一九六六年了。”凯说。

“这本书的出版日期是一九三三年，”罗斯玛丽表示，“当时在欧洲有巫师的聚会，他们称那样的团体和集会为巫魔聚会，欧洲、北美、南美和澳洲皆有；你认为他们仅在三十三年里就会全部死亡吗？他们在这里就有聚会，米妮和罗曼、劳拉，方丹夫妇、吉尔莫夫妇和韦斯夫妇；那些伴着笛声和诵经的派对，就是所谓的安息会、巫魔会或其他名称的聚会！”

“亲爱的，”凯说，“你先别激动，我们……”

“你读读看他们在做什么，凯。”她朝他拿起摊开的书，用食指猛戳其中一页说，“他们在仪式中用鲜血，因为血代表力量，而又以未受洗过的婴儿血，力量最为强大。而且他们不止用血，还用肉来祭祀！”

“我的天，罗斯玛丽！”

“他们为什么一直对我们那么友善？”她质问。

“因为他们是和善的人！要不你以为他们是什么，疯子吗？”

“是的！没错，就是疯子，自以为有魔力的疯子，他们自认是故事里的巫师，能施展各种疯狂的仪式和法术，因为他们是变态的疯子！”

“亲爱的……”

“米妮送我们的那些黑蜡烛，是从巫师聚会上带过来的！所以哈奇才会起疑，而且他们的客厅中央不摆设家具，这样才能腾出空间。”

“亲爱的，”凯说，“他们是老人家了，而且还有一群老友，尚德医生又刚巧会吹竖笛，黑蜡烛到五金店里就买得到，还有红色、绿色和蓝色的蜡烛。他们的客厅空无一物，是因为米妮拙于布置。罗曼的父亲确实是疯子，但没有理由认为罗曼也是。”

“我再也不许他们踏入家门一步，”罗斯玛丽说，“两个人都不许，还有劳拉或任何其他人，还有，不准他们接近宝宝五十英尺内。”

“罗曼会改名，便证明他不像他的父亲。”凯说，“如果他跟他老爸一样，一定会以其名为荣，而保留下来。”

“他保留了，”罗斯玛丽说，“他把字母换了顺序，并未真正改变名字，如此一来，他便能住进旅馆里了。”罗斯玛丽抛下凯，到摆放拼字板的窗边，“我再也不让他们进家门了。”她说，“等宝宝大一点儿，我就把房子转租出去搬走，我不要他们接近我们。哈奇说得对，我们根本不该搬进这里。”她望着窗外，颤抖地紧握住这本书。

凯凝望她片刻：“萨皮尔斯坦医生呢？”他问，“他也是一伙的吗？”

她扭头看着凯。

“毕竟也会有疯狂的医生，不是吗？他最大的野心大概是骑着扫把出诊。”凯说。

罗斯玛丽再次回身看着窗外，一脸肃然地说：“不，我不认为他跟他们是一伙的。”她说，“他……太聪明了。”

“何况他是犹太人。”凯哈哈大笑，“真高兴总算有人不在你的麦卡锡抹黑名单上了，好个猎巫大会，哇！而且还有连坐入罪。”

“我又没说他们是真正的巫师，”罗斯玛丽反驳道，“我知道他们没有真正的魔力，但他们信其有，即使我们不相信。就像我娘家的人相信上帝会垂听他们的祷告，相信圣饼是耶稣的肉身。米妮和罗曼也对他们的宗教深信不疑，并身体力行，我知道他们有，我绝不会拿宝宝的安全去冒险。”

“我们不能转租搬家。”凯说。

罗斯玛丽转身对他说：“我们会的。”

凯拿起新衬衫：“这件事以后再说。”

“罗曼骗你，”罗斯玛丽说，“他父亲不是制作人，他跟戏剧圈一点关系也没有。”

“好吧，他骗人又如何，谁不会骗人？”凯说完便走进卧室。

罗斯玛丽在拼字板边坐下来，盖上板子，片刻后，打开书再次读起最后一章，“魔法与恶魔崇拜”。

凯空手走回来说：“我觉得你不该再读了。”

罗斯玛丽表示：“我只想读最后一章。”

“今天别再看了，亲爱的。”凯走向她，“你已经把自己搞得筋疲力尽了，对你或宝宝都不好。”他伸出手，等她把书交给他。

“我不累。”她说。

“你在发抖。”他说，“你已经抖了五分钟了，来，把书给我，明天再看。”

“凯……”

“不行。”他说，“我是说真的，来，把书给我。”

罗斯玛丽说道：“噢。”然后把书交给他，凯走到书架边，猿臂长伸，把书尽可能放到高处，堆到两本《金赛性学报告》的上方。

“明天再读吧。”他说，“你今天参加丧礼，情绪波动又大，已经够累了。”

第八章

萨皮尔斯坦医生一脸惊诧地说："真精彩，实在太精彩了。你说他叫什么名字来着，'马加托'吗？"

"马卡托。"罗斯玛丽答道。

"太有意思了。"萨皮尔斯坦医生说，"我压根儿不知道这回事，他好像跟我提过一次，说他父亲是咖啡进口商。是的，我记得他东拉西扯，讲了一堆咖啡的不同等级和磨豆子的方法。"

"他跟凯说，他父亲是制作人。"

萨皮尔斯坦医生摇头表示："难怪他会羞于承认，也难怪你发现后会不高兴，我相信罗曼应该不会对我隐瞒他父亲的怪异信仰，但我完全可以理解，身为他的邻居，你一定觉得很困扰。”

“我再也不想跟他或米妮有任何瓜葛了。”罗斯玛丽说，“也许我这样并不公平，但基于宝宝的安全，我不想有任何意外。”

“当然，”萨皮尔斯坦医生说，“任何母亲都会这么想。”

罗斯玛丽探向前说：“米妮有没有可能在饮料或那些小蛋糕里搀任何有害的东西？”

萨皮尔斯坦医生哈哈笑道：“不好意思，亲爱的，我不是故意要笑的，但说实在话，米妮是位慈善的老太太，也非常关心宝宝……不，她绝不会给你任何有害的东西，如果有的话，我在你身上或宝宝身上，早就看出来了。”

“我打电话告诉她说我身体不舒服，我绝不会再拿任何她送的东西了。”

“你不必非吃不可，”萨皮尔斯坦医生表示，“我可以给你一些很适合最后几周服用的药片，从某方面来说，这也算是解决了米妮和罗曼的烦恼。”

“怎么说？”罗斯玛丽问。

“他们想离开，而且打算很快出发。”萨皮尔斯坦医生表示，“罗曼身体不好。事实上，最乐观的情况下，他只剩一两个月的时间了。罗曼想再跑一趟他最爱的几座城市，他们担心在宝宝出生前夕离开，会害你不高兴。两人前晚来跟我讨论，想知道你会有什么反应，他们不想把出游的真实理由告诉你，怕你难过。”

“我很遗憾罗曼病了。”罗斯玛丽说。

“但很庆幸他要离开是吧？”萨皮尔斯坦医生笑道，“你的反应非常合理。”他说，“这么办吧，罗斯玛丽，假若我告诉他们说，我试探过你，认为他们离开绝不会令你生气。你在他们离开前，先一切照常，别让罗曼知道你已经揭穿他的真实身份，否则他一定会很尴尬难过。他们提过，也许周日便会出发了，只差三四天，没必要让他难堪吧。”

罗斯玛丽沉默片刻后说：“你确定他们星期天会走？”

“我知道他们想那天走。”萨皮尔斯坦医生说。

罗斯玛丽考虑道：“好吧，我就一如往常，但只到星期天为止。”

萨皮尔斯坦医生表示：“可以的话，我明早派人把药片送去你那儿，你可以叫米妮把饮料蛋糕留在你家，然后丢掉，只吃药片。”

“太好了，”罗斯玛丽说，“那样我会开心很多。”

“这个阶段，保持心情愉快是最重要的。”萨皮尔斯坦医生说。

罗斯玛丽笑道：“如果生男孩，我搞不好会叫他亚伯拉罕·萨皮尔斯坦·伍德豪斯。”

“千万不要。”萨皮尔斯坦医生说。

凯听到消息后，跟罗斯玛丽一样开心。“很遗憾罗曼已来日无多，但很替你高兴的是，知道他们要离开了，你一定会觉得轻松很多。”

“噢，我会的。”罗斯玛丽说：“光是知道他们要走，我就已经觉得好多了。”

萨皮尔斯坦医生显然立即将罗斯玛丽的感受转告了罗曼，因为当天晚上，米妮和罗曼便过来宣布他们要去欧洲了。“周日早上十点钟。”罗曼说，“我们直飞巴黎，在那边待一个星期，然后再去苏黎世、威尼斯及世上最可爱的城市——南斯拉夫的杜布罗夫尼克。”

“我嫉妒到眼睛都红了。”凯说。

罗曼对罗斯玛丽说：“我猜这应该不算晴天霹雳吧，亲爱的？”他深陷的双眸透出会意的精光。

“萨皮尔斯坦医生说过你们想去走走。”罗斯玛丽说。

米妮表示：“我们很想等宝宝出生……”

“千万别那么做，现在天气正暖。”罗斯玛丽答说。

“我们会寄照片给你们。”凯说。

“可惜罗曼的旅行瘾一犯，谁都拦不住。”米妮表示。

“是真的，是真的。”罗曼说，“流浪了一辈子，我发现根本不可能在一个城市待超过一年；我们从日本和菲律宾回来后，已经十四个月了。”

罗曼谈到杜布罗夫尼克、马德里和苏格兰苍穹岛的特殊魅力，罗斯玛丽盯着他看，揣测他究竟是谁，一名和善的老者，或是疯汉的儿子？

第二天米妮不再啰唆，直接将饮料蛋糕留下，她表示正要出门，有一长串事务得处理。罗斯玛丽表示可以帮她到洗衣店拿衣服、买牙膏和晕船药。当她把饮料蛋糕扔掉，吞了一大颗萨皮尔斯坦医生送来的白色胶囊时，心里不免好笑。

星期六早上，米妮说了：“你应该知道罗曼的父亲是谁吧。”

罗斯玛丽讶异地点点头。

“看到你对我们态度转淡，我就猜着了。”米妮说：“唉呀，不用抱歉，亲爱的，你又不是第一个，也不会是最后一个。我不怪你，噢，要不是那个疯老头已经死了，我还真想宰掉他！可怜的罗曼这辈子给他害惨了！所以他才会这么喜欢旅行；他总想在别人探出他的身份前离开。别让他知道你晓得了，好吗？他好喜欢你和凯，他一定会很伤心的。我希望他能带着愉快的心情出游，因为以后可能没有机会了，我是指旅行的事。你要不要我冰箱里的食物？稍后叫凯过来，我把东西给他。”

周六晚上，劳拉在她那十二楼飘着单宁根气味的阴暗小公寓里举办饯行派对。韦斯和吉尔莫夫妇来了，萨巴蒂尼太太带着她的爱猫“闪闪”出席，还有尚德医生也来了（凯怎会知道吹竖笛的人是尚德医生？罗斯玛丽实在不懂，而且还明确指出是竖笛，不是横笛或黑管？这事她得问问凯）。罗曼谈着他和米妮规划的路线，萨巴蒂尼太太颇为讶异他们竟打算略过罗马和佛罗伦萨。劳拉做了饼干和果汁淡酒，话题转到龙卷风和公民权，罗斯玛丽望着这群如家乡长辈般的人，听他们说话，很难相信他们其实是一群巫师。矮小的韦斯先生听着凯谈论马丁·路德·金，如此衰弱的老人，即使做梦也很难想象自己会施咒、制造符咒吧？还有像劳拉、米妮和海伦·韦斯这般温吞的老妪，真的能在宗教的狂闹中裸身腾跳吗？（可是她不就见识过她们裸舞的情形？不，不对，那是一场梦，一场她前不久才做过的怪梦。）

方丹夫妇打电话来跟米妮和罗曼道别，还有萨皮尔斯坦医生和另外两三位罗斯玛丽不知姓名的人士。劳拉拿出大伙合送的礼物——一架有猪皮套的晶体管收音机。罗曼哑着声，在一篇感人的致谢辞中收下礼物。他自知来日无多了，罗斯玛丽心想，并真心为他感到难过。

翌日清晨，虽然罗曼表示不用，但凯仍坚持帮忙；凯将闹钟设在八点半，闹钟一响，便套上棉裤T恤，跑去米妮和罗曼家了。罗斯玛丽穿着青蓝色条纹工作服陪着他去，两人要带的东西不多；两只行李箱和一个帽盒。米妮背着相机，罗曼带着他的新收音机，锁上两道门锁说："任何带超过一件行李的人，就叫观光客，不是旅行者。"

门卫在人行道上对着前来的车子吹哨时，罗曼趁机检查机票、护照、旅行支票和法币。米妮搭着罗斯玛丽的肩说："无论我们在哪儿，每分钟都会挂念着你，亲爱的，直到你平安产下孩子，幸福地抱在怀里，恢复身材为止。"

"谢谢你。"罗斯玛丽说着并亲吻米妮的脸，"谢谢你所做的一切。"

"你一定要叫凯寄很多相片给我们，听到没？"米妮回吻着罗斯玛丽说。

"会的，我会的。"罗斯玛丽答道。

米妮转头看着凯，罗曼拉起罗斯玛丽的手。"我就不祝福你好运了，"他说，"因为你不需要，你一定会拥有幸福快乐的一生。"

她亲了亲罗曼："祝你们旅途愉快，安然返家。"

罗曼笑道："也许吧，不过我可能会留在杜布罗夫尼克，要不就是意大利佩斯卡拉，或者西班牙马洛卡岛，再看看，再看看喽……”

“回来吧。”罗斯玛丽由衷地说，再次亲吻他。

出租车来了，凯和门卫将行李放到驾驶座旁，米妮侧身坐进车里，白衣的腋下湿成一片。罗曼挤到米妮身边说：“肯尼迪机场，环球航空航站楼。”

众人透过打开的车窗，又是一阵亲吻道别，然后罗斯玛丽和凯朝加速离去的出租车挥手，双方未戴手套和戴着白手套的手，你来我往地挥着。

罗斯玛丽的心情并不如想象中开心。

那天下午罗斯玛丽想找《巫魔族》重读一些内容，也许此时的她会觉得很可笑吧，然而书却不见了，没放在《金赛性学报告》上面，或任何放眼可及之处。她问凯，凯说他在星期四早上把书丢进垃圾桶里了。

“对不起，亲爱的。”他说，“但我真的不希望让你再看那种东西，搞得自己心情不好。”

罗斯玛丽又惊又气：“凯，那本书是哈奇给我的，是他留给我的遗物。”

“我没想到这个，”凯说，“我只是不希望你心情不好，对不起。”

“你那样做太过分了。”

“对不起，我没有顾虑到哈奇。”

“就算书不是给我的，你也不能把别人的书扔掉。我要是想看书，就是要看。”

“对不起。”他说。

她一整天都很不高兴，而且还忘了一件本想问凯的事，令她益发不悦。

入夜后，两人从离家不远的斯卡洛餐厅走回家时，罗斯玛丽终于想起来了。“你怎么会知道是尚德医生吹竖笛？”她问。

凯不明白她的意思。

她说：“前几天我在看书时，我们起了争执，你说尚德医生只是刚好在吹竖笛罢了，你怎会知道？”

“噢，”凯答道，“是他很久以前告诉我的，我说我们有一两次曾隔着墙，听到笛音之类的乐声，他就说是他吹的。要不然你以为我怎么会知道？”

“我没有以为什么，”罗斯玛丽说，“只是觉得奇怪罢了。”

罗斯玛丽无法入睡，躺着对天花板皱眉。体内的宝宝睡得十分安稳，她却烦乱忧心地睡不着觉，但又莫名所以。

应该是在烦恼宝宝的事，以及一切能否顺利吧。她最近有些疏于运动，不许再那样了；她一定要乖乖运动。

其实此时算是十三日星期一了，再十五天，大约两周就要生产了。或许所有孕妇在产前两周都会心浮气躁，因为只能仰面躺着，无法翻身，而心情不好！等生完孩子后，她首先要做的，就是趴着睡二十四小时，抱着枕头，把脸深埋在枕头里。

她听见米妮和罗曼的公寓里有声音，但应该是楼上或楼下传来的，跟空调的声音混在一起了。

他们已经到巴黎了，真幸运，总有一天她和凯也会带着三个可爱的孩子一起去。

宝宝醒了，开始翻动。

第九章

罗斯玛丽买了棉球、棉花棒、痱子粉和婴儿润肤露；预订了尿布清洁服务，并重新整理抽屉里的婴儿服。她也订了报上的出生公告，待日后凯再打电话告知孩子的姓名和出生日期。在一整盒象牙色的小信封上写好住址、贴上邮票。她读了一本叫《夏丘》的书，书中宠爱小孩的论点似乎令人难以驳倒。之后埃莉斯及琼在萨迪东餐厅请她吃饭，大家也一起讨论了这个话题。

罗斯玛丽开始感觉到阵痛了；某天疼了一次，次日又疼一次，后来不疼了，接着一天疼两次。

她收到来自巴黎的明信片，上面是凯旋门的照片和工整的字迹：想念你们两位。天气极佳，食物美味，航程极顺。爱你们的米妮。

腹中的宝宝已经下沉，准备要出世了。

六月二十四日星期五下午，罗斯玛丽到蒂芙尼的文具专柜加购二十五份信封时，遇到凯以前的声乐教练多米尼克·波佐。矮小黝黑、有点驼背的多米尼克声音粗哑难听，他抓住罗斯玛丽的手，恭喜她看起来容光焕发，凯星途大好，而且他丝毫没有居功的意思。罗斯玛丽告诉他，凯最近签了一部戏，还有华纳兄弟提出的条件。多米尼克开心极了，他说现在凯真的可以受惠于严格的声乐训练了。他解释其中的原因，并请罗斯玛丽叫凯打电话给他，最后又恭喜了半天，才朝电梯转身过去。这时罗斯玛丽拉住他的手臂说："我一直没机会谢谢你送我《异想天开》的票。"她说，"我好喜欢那部戏，《异想天开》一定会像阿加莎[①]在伦敦上演的剧目一样，长期演下去。"

"《异想天开》？"多米尼克问。

"你送凯两张票，噢，很久以前了，是在秋天。那次我是跟一位朋友去看的，因为凯已经看过了。"

"我从来没送过凯《异想天开》的票。"多米尼克说。

"有啊，去年秋天。"

"没有，亲爱的，我从没送过任何人《异想天开》的票，我从

① Agatha Christie，英国犯罪小说之后，亦著有多部剧本。

来没有票可以给人，你弄错了。”

“我相当确定他说是你送的。”罗斯玛丽表示。

“那么就是他弄错了。”多米尼克说，“叫他打电话给我，好吗？”

“好，我会的。”

真奇怪，等着跨越第五大道的罗斯玛丽寻思着，凯的确说是多米尼克送的票，这一点她很有把握。她当时还考虑该不该寄感谢信给多米尼克，最后决定没这个必要。她不会弄错的。

绿灯亮了，罗斯玛丽穿过马路。

但凯也不可能弄错，他又不是天天能拿到免费票，一定会记住是谁送的。难道是凯故意骗她？也许根本没人送他票，而是他捡到的？不不不，这像是戏里才会有的情景，凯没必要骗她啊。

罗斯玛丽大腹便便地沿着五十七街往西慢慢走动，背部因坠重的腹部而酸疼。天气湿热，气温已达摄氏三十三度，而且还继续往上飙升，罗斯玛丽走得非常缓慢。

那天晚上，凯是为了某种原因要她离开公寓吗？是他自己买的票吗？为了能独自在家研究剧本？若是如此，凯根本没有必要骗她，以前他们住单间旧公寓时，凯不止一次要求罗斯玛丽出门待两小时，她也都乐于从命。不过大部分时候，凯都会要她留下来，帮他提词，当他的观众。

难道是为了女人？他跟旧情人厮混两个小时还不够，得趁她回家前，先冲去女人的香水味？不对，那天晚上公寓里飘的是单宁根的气味，不是香水，逼得她不得不用锡箔纸把坠符包起来。而且凯那晚十分热情，不像已经跟别人搞过，罗斯玛丽记得他做爱时异常激烈，后来凯睡着时，她听到米妮家传出长笛与念诵声。

不对，不是长笛，是尚德医生的竖笛。

凯是因为这样才知道那是竖笛的吗？那晚他跑去米妮家了？参加安息日……

她驻足凝望精品服饰店的橱窗，不愿多想巫师、聚会、婴儿血和凯去米妮家的事。她怎么会遇到那个愚蠢的多米尼克？她今天根本不该出门，天气太热太湿了。

有件覆盆子红的裙装看起来像美国名服装设计师鲁迪·吉恩莱希奇的作品。等星期二生产完，恢复身材后，也许她会进店里买下来，然后再买件柠檬黄的紧身裤和覆盆子红的宽松上衣……

她终究还是得走了，罗斯玛丽怀着在体中扭动的宝宝，继续行走、思索。

（被凯扔掉的）那本书中提到仪式的起源，谈到巫师聚会时招纳新血，举行宣誓、洗礼、涂以油膏，并在身上做下“巫师的印记”。凯有可能加入巫师大会吗？（淋浴是为了洗去讨厌的单宁根味。）他是他们的一员（不，他不会的！），且身上某处有着秘密的会员印记？

凯曾在肩上贴了一片肉色的创可贴，他在费城的更衣间里就已贴上了（“那颗该死的痘痘，”她问凯时，凯这么回答）。之后的几个月也一直贴着（“不会是同一颗吧！”她说）。创可贴现在还在吗？

罗斯玛丽并不清楚，因为凯不再裸睡了，以前他会，尤其是天气热的时候，但现在已经好几个月不这么睡了，凯现在每晚都会穿上睡衣。最后一次见他裸身是什么时候的事了？

一辆车子朝她按喇叭；罗斯玛丽正越过第六大道。“请认真看路好不好，小姐。”身后一名男子喊道。

可是为什么，为什么？他是凯呀，又不是无事可干、没有人生目标和自尊的疯老头！他有自己的事业，一份忙碌、精彩、蒸蒸日上的事业！他需要那些法棒、巫刀、香炉和谎言做什么？他何必跟韦斯、吉尔莫、米妮和罗曼厮混？他们能给他什么别处得不到的东西？

罗斯玛丽尚未提问，便已知晓答案。理清问题，只是一种拖延回答的方式。

唐纳德·鲍姆加特的突然失明。

你若相信的话，事出必有因。

但她不信，她不相信。

然而唐纳德·鲍姆加特在那个周六后的一两天便失明了，凯当时待在家中，电话一响便抢着接听，分明是在等待消息。

等待唐纳德·鲍姆加特失明的消息。

之后一切好运便接踵而至：舞台剧、剧评、新戏、拍片邀约……若非唐纳德·鲍姆加特在凯（也许）加入巫师团体（也许真有其团）后一两天意外失明，凯在《格林尼治村》里的角色，说不定也会落到唐纳德·鲍姆加特的手里。

书上说，有可以夺取敌人视力或听力的咒语，他们全是巫魔族（但凯不是！）。巫师的集体念力、凝聚的邪恶意念，可令人双目失明、失聪、瘫痪，最终杀死受害者。

让受害者瘫痪，最后夺其性命。

“难道哈奇也是吗？”罗斯玛丽大声问着，动也不动地站在卡内基大厅前方。一名小女孩紧紧抓住母亲的手，抬眼望着罗斯玛丽。

那晚哈奇正在读那部书，并要她第二天早上跟他见面，哈奇想告诉她，罗曼就是史蒂文·马卡托。凯一知道他们俩有约，便说要出门。他说要去做什么？买冰淇淋？并且去按米妮和罗曼家的门铃。他们是否匆匆召开聚会？集体的念力……但他们怎么会知道哈奇想跟她说什么？她毫不知情；只有哈奇知道。

话又说回来，假设那个“单宁根”根本不叫“单宁根”。哈奇就从没听说过，对吧？假如那是……是哈奇在书中画线的东西，是恶魔的蘑菇或别的东西呢？哈奇跟罗曼说，他会去查证；是否因此令罗曼对他起了戒心？于是罗曼取走哈奇的一只手套，因为施咒得有受害者的物品才行！接着，当凯告知他们第二天我和哈奇有约时，他们只能被迫立即展开行动。

不对，罗曼不可能拿走哈奇的手套；罗曼进出家门时，都由她陪着迎进送出。

手套是凯拿的，凯连妆都未卸地匆匆赶回家里——他从来不会这样——然后自己到衣柜去。一定是罗曼打电话告诉他：“这个叫哈奇的家伙对‘单宁根’起疑心了，回家拿一份他的东西来，以防万一！”凯为了不让唐纳德·鲍姆加特恢复视力，只好言听计从。

罗斯玛丽在五十五街等绿灯亮，她把手提包和信封夹到腋下，解开项链上的钩子，把项链和单宁根坠子掏出衣外，一并扔进下水道的铁栅栏里。

去他的“单宁根”，恶魔的蘑菇。

她害怕到想哭。

因为她知道凯拿什么去交换自己的成功。

他拿宝宝交换，让他们在仪式中使用。

在唐纳德·鲍姆加特瞎掉之前，凯根本不想生孩子。他不喜欢摸扭动的胎儿；不喜欢谈孩子的事；他一直保持冷漠与忙碌，仿佛这根本不是他的孩子。

因为他知道等他把宝宝交出去之后，他们会如何处置孩子。

在阴凉舒爽的公寓里，罗斯玛丽告诉自己，你已经疯了，你再过四天就要生产了，笨女孩，也许还不到四天，所以才会神经兮兮地把一堆毫不相干的巧合拼凑成一桩疯狂的迫害。没有真正的巫师，没有真正的咒语，虽然医生找不出具体病因，但哈奇是自然死亡，唐纳德·鲍姆加特的失明也一样。更何况，凯要如何取得唐纳德·鲍姆加特的物品，拿去给他们施咒？瞧，你这个笨女孩，真要细想，就破绽百出了。

可是凯为何要骗她门票的事？

罗斯玛丽脱掉衣服，慢慢冲了个冷水澡，她笨拙地转动身体，抬头迎向水柱，试图做理性的思考。

凯说谎必然另有原因，也许他那天跑去酒吧了。没错，一定是其中一个家伙送票给他，凯谎称是多米尼克送的票，是不想让她知道他跑去玩了。

一定是这样的。

瞧，就说你是笨女孩吧？

可是他为什么连续多月不肯裸露身体？

反正她很高兴自己把那个该死的符坠扔了，她早该这么做了，打一开始就不该从米妮手上接下。能摆脱那讨厌的气味，何其快哉！罗斯玛丽擦干身体，喷了一堆古龙水。

凯不肯裸露身体，是因为他长了红疹，羞于示人。演员都很虚荣，不是吗？那是一定的。

但他干吗把书扔掉？常往米妮和罗曼家跑？而且还等着听唐纳德·鲍姆加特失明的消息？并且在哈奇弄丢手套之前，连妆都没卸便匆匆返家？

罗斯玛丽梳好绑好头发，穿上胸罩内裤，走到厨房去喝了两杯冰牛奶。

她不知道。

罗斯玛丽走进婴儿房，移开墙边的浴盆架，用图钉把塑料纸钉到壁纸上，以免宝宝洗澡时溅湿。

她不知道。

不知道自己是疯了还是变得清醒了，不知道巫师究竟是否有强大的力量，不知道凯究竟是她心爱的丈夫，或是背叛宝宝和她的敌人。

快要四点钟了，凯再一个小时左右就会回来了。

她打电话到演员工会，取得唐纳德·鲍姆加特的电话。

电话才响了一声，便有人很快且不耐烦地回答：“喂？”

“请问是唐纳德·鲍姆加特吗？”

“没错。”

“我是罗斯玛丽·伍德豪斯。”她说，“我是凯·伍德豪斯的太太。”

“哦？”

“我想……”

“我的天，”他说，“夫人，你最近一定很幸福吧！听说你住到布拉德福德豪宅里，拿水晶杯喝陈年佳酿，还有一堆穿制服的侍从伺候着。”

罗斯玛丽说：“我想知道你过得还好吗？病情是否有任何改善？”

对方哈哈大笑：“你真是好心哪，凯·伍德豪斯的老婆。”他说，“老子好得很！好得不得了！老子进步神速，我今天只打破六个玻璃杯，只摔下三段楼梯，敲着拐杖走过两辆消防车前！老子每天每样都越来越好，越来越进步。”

罗斯玛丽说：“凯和我都很难过，竟然因为你的不幸而蒙利。”

唐纳德·鲍姆加特沉默片刻后说：“罢了，去他的，反正事情就是这样，有人落就有人起。他反正还是会闯出名堂的，跟你说实话吧，我们回《闲言碎语两小时》复试时，我真的以为他会得到那个角色。凯真的很厉害。”

“他也以为你会得到。”罗斯玛丽说，“结果他猜对了。”

“只是暂时得到而已。”

“很抱歉凯去看你那天，我没能一起去，”罗斯玛丽说，“他问过我，但我无法同行。”

“看我？你是说我们一起碰面喝酒那天吗？”

“是的。”罗斯玛丽说，“我指的就是那天。”

“幸好你没来，”他说，“他们好像不让女生参加？不对，四点后就可以了，没错；那时已经过了四点。凯人真好，我猜大部分人都不会有他的……雅量。老实讲，我就办不到。”

“输家请赢家喝酒。”罗斯玛丽说。

“我们当时哪会知道，一个星期后，事实上还不到一个星期……”

罗斯玛丽说：“是啊，才几天后你就……”

“失明了。是的，那天是周三或周四，因为我去看了一场日场表演——我想是星期三吧——接下来的周日就出事了。嘿，”他大笑说，“凯该不会在饮料里掺东西吧？”

“没有，他没有。”罗斯玛丽的声音忍不住发颤，“对了，你知道他这边有你的东西吧。”

“什么意思？”

“你不知道吗？”

“不知道。”他说。

“你那天没丢东西吗？”

“据我所知道没有。”

“你确定？”

“你不会是指我的领带吧？”

“是的。”她说。

“他拿了我的，我拿了他的。凯想要回他的领带吗？他可以留着我的，反正对我来说，戴什么领带或有没有戴，都已经无所谓了。”

“不，凯并不想要回领带，”罗斯玛丽答说，“我不明白，我还以为他只是借来的。”

“不，是我们两个交换的，听起来你好像以为是他偷的。”

“我得挂电话了，”罗斯玛丽说，“我只想知道你好些没。”

“没有，一点都没进步。谢谢你打电话来。”

罗斯玛丽挂断电话。

四点零九分了。

她穿上内衣、裙子，套上凉鞋，拿出凯放在内衣底下的急用金——一叠不怎么厚的纸钞——放入手提包里，并将电话簿和一瓶维生素丸放进去。阵痛来了又走，这是今天第二次阵痛了，罗斯玛丽拿起放在卧室门边的行李箱，穿过走廊，走出公寓。

去电梯途中，罗斯玛丽又转身折回来。

跟着两名送货员一起搭乘员工用电梯。

然后在五十五街拦了一部出租车。

萨皮尔斯坦医生的接待员拉尔克小姐瞄了行李箱一眼，笑道：“你要待产了，是吗？”

“还没，”罗斯玛丽说，“但我得见见医生，这件事很重要。”

拉尔克小姐看了一下手表：“医生五点钟得离开，还有拜伦太太……”她瞄向一名坐在旁边看书的妇人，然后对罗斯玛丽笑道：“不过我相信医生会见你的。请坐，等医生一空下来，我就通知你到了。”

“谢谢你。”罗斯玛丽说。

她把行李箱放到最近的椅子旁，然后坐下来，手提包的白色手把都被她握湿了。罗斯玛丽打开皮包，拿出纸巾擦拭掌心、上唇和太阳穴，心脏怦怦怦急跳着。

“外头天气如何？”拉尔克小姐问。

“热死了，”罗斯玛丽说，“三十五度。”

拉尔克小姐发出哀吟。

一名怀胎五六个月的妇人从萨皮尔斯坦医生办公室走出来，罗斯玛丽以前见过她。两人彼此点头，拉尔克小姐走了进去。

“你随时可能会生，对吧？”女人等在桌边问。

“星期二。”罗斯玛丽说。

“祝你好运，”女人表示，“在七八月前生完，真是明智之举。”

拉尔克小姐再次走出来：“拜伦太太请进。”接着又对罗斯玛丽说，“看完后，医生就会见你了。”

“谢谢你。”罗斯玛丽答道。

拜伦太太走进萨皮尔斯坦医生的办公室，然后关上门。桌边的妇人跟拉尔克小姐商量另一次约诊，然后走出去跟罗斯玛丽道再见，并再次祝她顺利。

拉尔克小姐埋头写字，罗斯玛丽拿起一本手边的《时代周刊》。“上帝死了吗？”黑底上的红体字问道。罗斯玛丽找到目录，翻到

“影艺版”，有一篇芭芭拉·史翠珊的报道，她试着阅读。

“闻起来好香，”拉尔克小姐朝罗斯玛丽的方向嗅着说，“那是什么味儿？”

“一种叫花漾甜心的香水。”罗斯玛丽说。

“你如果不介意我这么说的话，我觉得这比你平常用的好闻太多了。”

“那不是香水，”罗斯玛丽说，“是一种幸运符，我把它扔了。”

“好极了。”拉尔克小姐说，“也许医生将来会效仿你。”

一会儿后，罗斯玛丽问：“你是说萨皮尔斯坦医生吗？”

拉尔克小姐表示：“嗯，他会抹刮胡水，但那并不是刮胡水，对吧？而且他有个幸运符，只是他并不迷信，至少我认为他不迷信。反正他身上偶尔会出现一样的味道，我不管那是什么，他身上只要一有那味道，我就没法靠近他，他的味道比你重多了。你都没注意到吗？”

“没有。”罗斯玛丽说。

“你来的时候大概没碰到吧，”拉尔克小姐说，“或者你以为闻到的是自己身上的味道。那到底是什么，化学物品吗？”

罗斯玛丽起身放下《时代周刊》，拿起行李箱。“我先生人在外头，我得跟他说件事。”她说，“我一会儿就回来。”

“你可以把行李箱留在这里。”拉尔克小姐说。

罗斯玛丽还是一并带走了。

第十章

她沿着公园大道走到八十一街，找到一个电话亭，打电话给希尔医生。电话亭里异常闷热。

总机接听后，罗斯玛丽说出自己的姓名与电话号码：“麻烦请他立即回电话给我，事情非常紧急，我现在在电话亭里。”

“好的。”女人说着挂断电话。

罗斯玛丽挂了电话后再次拿起话筒，但偷偷按住话筒挂钩，把话筒贴到耳边，假装在听，这样就不会有人过来叫她把电话让出来了。宝宝在腹中踢踹翻动，而她浑身冒汗。快点呀，求求你，希尔医生，请打电话给我，救救我。

他们所有人，所有的人全都是一伙的。凯、萨皮尔斯坦医生、米妮和罗曼，所有人都是巫师，是巫魔族。他们利用她生宝宝，然后把宝宝夺走，你别担心，安迪或珍妮，他们敢碰你一根汗毛，妈咪就宰了他们！

电话响了，罗斯玛丽弹开钩子上的指头。“喂？”

“伍德豪斯太太吗？”又是总机。

“希尔医生呢？”她问。

“我名字说对了吗？”女人问：“是罗斯玛丽·伍德豪斯吗？”

“是的！”

“你是希尔医生的患者吗？”

罗斯玛丽解释说曾在秋天见过医生一次：“求求你，”她说，“一定得让医生跟我谈一谈！这事非常重要！求你，求你叫他打电话给我。”

“好吧。”女人说。

罗斯玛丽再次按住钩子，用手背擦着额头。求求你，希尔医生。她推门让空气进来，然后再次把门关上，因为有名妇人走过来等候着。“噢，我不知道啊。”罗斯玛丽对着电话筒说，手指仍按在钩子上。“真的吗？他还说了什么？”汗水从她背部及腋下淌出，宝宝在肚里翻动着。

她实在不该在离萨皮尔斯坦医生办公室这么近的地方打电话，应该去麦迪逊或列克星敦打才对。“太棒了，”她说，“他还有说别的吗？”萨皮尔斯坦此刻很可能出门找她了，他应该不至于先从最近的电话亭找起吧？她真该直接搭出租车离远一些。罗斯玛丽尽量背对医生会过来的方向，以防万一他真的追出来。电话亭外的妇人走开了，谢天谢地。

凯这时也可能回家了，他会发现行李箱不见了，然后打电话给萨皮尔斯坦医生，以为她在医院里。不久两人便会合力寻找她了，还有所有其他人，韦斯夫妇……

“喂？”电话响到一半便被接起来了。

“伍德豪斯太太吗？”

是希尔医生，救苦救难的希尔医生。“谢谢你，”罗斯玛丽说，“谢谢你打电话给我。”

“我还以为你去加州了。”他说。

“没有，”罗斯玛丽答道，“我去看另一名医生了，是朋友叫我去的，但那医生并不好，希尔医生，他一直对我说谎，要我吃奇怪的饮料和胶囊。周二就是预产期了，记得吗？你跟我说过是六月二十八日。我希望由你来接生。不管多少钱我都愿意付，就像我一直都看你的诊一样。”

“伍德豪斯太太……”

“求求你，让我跟你谈一谈。”她意识到对方有意拒绝，“让我过去解释出了什么事，我不能在这边待太久，我先生和这个医生，还有那些叫我去看他的人，全都是一伙的，他们全是同谋。我知道这话听起来很疯狂，医生，你大概会觉得：‘我的天，这个可怜的女孩已经疯了。’但我没疯，医生，我以所有圣人的名义发誓，我还没疯。有时人会遭到陷害，对吧？”

“是的，是有这种情况。”他说。

“有人要陷害我和我的宝宝，”她说，“你如果让我过去跟你谈一谈，我就告诉你。我不会要求你做任何违法的事，我只要你送我到医院，帮我接生而已。”

他说：“你明天到我办公室……”

“我现在就去，”她说，“现在，此刻就去。他们会来找我的。”

“伍德豪斯太太，”他说，“我现在不在办公室里，我在家里，我从昨天早上就一直没睡，而且……”

“我求你，”她说，“我求求你。”

医生静默不语。

罗斯玛丽说：“我会过去跟你解释，我没办法待在这里。”

“八点钟到我办公室吧，”医生说，“那样可以吗？”

“可以。”她说，“可以的，谢谢你。希尔医生？”

“怎么了？”

“我先生也许会打电话给你，问我是否打过电话来。”

“我不会接任何人的电话，”他说，“我得小睡一会儿。”

“你可以交代电话接线员，别说我打电话来过行吗，医生？”

“好，我会交代一声。”他说。

“谢谢你。”罗斯玛丽表示。

“八点钟。”

“好的，谢谢你。”

罗斯玛丽从电话亭出来时，一名背对电话亭的男人转过身，但他不是萨皮尔斯坦医生，而是别人。

罗斯玛丽走到列克星敦大道，然后往上城走来到八十六街，她走进剧院上厕所，接着木然地坐在静凉的漆黑中，看一部喧闹且色彩缤纷的电影。一会儿之后，罗斯玛丽起身拎着行李箱走到电话亭，打了通对方付费的电话给她哥哥布莱恩。没人应答，她又拿着行李箱走回去坐在不同的位子上。宝宝安静地睡着，电影已换成演员基南·怀恩上场。

七点四十分，罗斯玛丽离开剧院，搭出租车到西七十二街希尔医生的办公室。罗斯玛丽觉得此时进去应该很安全，因为他们会去监视琼家，还有休及埃莉斯家，但不至于在八点钟跑到希尔医生的办公室，如果医生的电话接线员说她没打电话来的话。不过为求安心，罗斯玛丽请司机多等一等，看她走进门口后再离开。

没有人出面拦阻她，希尔医生亲自为她开门，他在电话中虽百般勉强，此时却愉快多了。希尔蓄了金色的胡子，虽然不明显，但看起来还是很像电视上的基尔代尔医生。他穿了蓝黄格子的运动衫。

两人走进医生的咨询室，房间只有萨皮尔斯坦医生办公室的四分之一，罗斯玛丽把自己的遭遇告诉医生。她双手扶着椅把，脚踝交叠，低声冷静地叙述，罗斯玛丽知道任何歇斯底里的表现，都会令对方无法信任自己，以为她疯了。她将艾德里安·马卡托、米妮和罗曼的事告诉医生；谈她熬了几个月的腹痛，以及草药汁和白色小蛋糕；谈哈奇和巫魔族、《异想天开》的门票、黑蜡烛和唐纳德·鲍姆加特的领带。她极力想把所有事情说得环环相扣，有条不紊，却无法办到，不过她还是冷静地说出一切，没有陷入歇斯底里的状态中。她谈尚德医生的竖笛、凯将书扔掉，以及最后拉尔克小姐说漏嘴的事。

“也许哈奇的昏迷和唐纳失明的事纯属巧合，”罗斯玛丽说，“或许他们确实有伤人的超能力，但那并不重要，重要的是，他们想夺走宝宝，这点我很笃定。”

“听起来的确是那样，”希尔医生说，“尤其他们一开始便对宝宝格外感兴趣。”

罗斯玛丽闭上眼睛，差点哭出来，医生相信她了，他不认为她疯了。她张开眼睛看着希尔医生，保持冷静自持。医生正在写字，他的病人都很爱他吗？罗斯玛丽掌心汗湿，她从扶手上移开手，按到自己的衣服上。

“你说医生的名字叫尚德是吧？”希尔医生问。

“不对，尚德医生只是他们的一员。”罗斯玛丽表示，“是巫师团的一员，我的医生是萨皮尔斯坦医生。”

“亚伯拉罕·萨皮尔斯坦吗？”

“是的。”罗斯玛丽不安地说，“你认识他吗？”

“我见过他一两次。”希尔医生振笔疾书着说。

“你如果看到他或甚至跟他说话，绝对不会认为他……”

“打死都不会相信。”希尔医生说着放下笔，“所以人家才说，不能以貌取人。你想不想立即住进西奈山医疗中心？今晚就去？”

罗斯玛丽笑道：“当然愿意。有可能吗？”

“得动用一点关系。”希尔医生站起来，走到检查室打开的门口，“你躺下来休息一下，”他把手伸入漆黑的房中，灯光闪了一下，射出蓝冷的霓虹灯光。“我先去想想办法，然后再帮你做检查。”

罗斯玛丽撑起身子，拿着手提包走进检查室："任何房间都行，就算住储物间也行。"

"我相信应该不至于那样，"希尔医生跟着她走进来，扭开蓝色窗帘旁的冷气，机器声音极为嘈杂。

"要我脱衣服吗？"罗斯玛丽问。

"不，还不用。"希尔医生说，"这得花半个小时，打很多电话，才能安排。你先躺下休息。"他走出去关上门。

罗斯玛丽走到房间尽头处的床椅边，重重地坐进蓝色的软垫，将手提包放到椅子上。

愿上帝保佑希尔医生。

以后她也要像希尔医生一样好好对待别人。

罗斯玛丽甩掉凉鞋，感激地往后躺。冷气徐徐送爽，宝宝懒懒地翻动着，仿佛也感受到凉风。

一切都没事了，安迪或珍妮，我们会住在西奈山医院干净舒适的床上，不会有访客和……

钱！罗斯玛丽坐起来打开手提包，找到凯的一百八十美元，加上她自己的十六美元和零钱，支付预付款绝对足够了，如果还需要更多，她可以请布莱恩把钱汇过来，或跟休和埃莉斯借，或琼，或格蕾丝·卡迪夫。她有许多人可以求助。

罗斯玛丽取出胶囊，把钱放回去，把袋子合上，然后再次躺回床椅上，把手提包跟胶囊瓶放回身旁的椅子上。她会把胶囊拿给希尔医生分析，确定里头不含有害物质。应该不会有吧，他们会希望用健康的宝宝进行疯狂的仪式，不是吗？

罗斯玛丽觉得一阵寒栗。

那群怪物。

还有凯。

真是坏到无以复加。

罗斯玛丽的腹部一紧，开始抽痛，这是最强的一次。她浅促地吸着气，直到阵痛过去。

这是今天第三次了。

她会告诉希尔医生的。

希尔医生探头进来时，她正跟布莱恩和多迪同住在洛杉矶一栋的大房子里，安迪刚开始学说话（虽然只有四个月大）。罗斯玛丽又回到了医生的检查室，她躺在床椅上，吹着凉爽的冷气。罗斯玛丽抬手遮挡自己的眼睛，对医生笑说："我睡着了。"

医生将门整个推开，然后退开。萨皮尔斯坦医生和凯走了进来。

罗斯玛丽坐起身，垂下遮在眼上的手。

他们走进来站到她身边，凯面无表情，冷峻地看着墙壁，他只肯看着墙壁，不愿看她。萨皮尔斯坦医生说道："安静地跟我们走，罗斯玛丽，别争执或吵闹，你如果再提什么巫师或巫术的事，我们就只好被迫把你送到精神病院。那边的生产设备很差，你不会想去吧？所以穿上鞋子吧。"

"我们只是要带你回家而已，"凯终于看着她说话了，"没有人会伤害你。"

"或宝宝。"萨皮尔斯坦医生表示，"穿上你的鞋子。"他拿起胶囊瓶看了一眼，然后放入自己口袋。

罗斯玛丽穿上凉鞋，医生把手提包递给她。

一行人走出去，萨皮尔斯坦医生抓住她的手臂，凯扶着她另一处手肘。

希尔医生将她的行李箱交给凯。

“她现在没事了，我们会回家休息。”萨皮尔斯坦医生说。

希尔医生对她微笑道：“通常回家休息就没事了。”

罗斯玛丽看着他，什么都没说。

“谢谢你这么大费周章，医生。”萨皮尔斯坦医生说，接着凯也表示，“还劳你跑到这儿……”

“我很乐意能帮上忙，先生。”希尔医生打开前门对萨皮尔斯坦医生说。

他们开车来的，由吉尔莫先生驾驶。罗斯玛丽坐在后座，夹在凯和萨皮尔斯坦医生中间。

没有人说话。

车子开回布拉德福德大厦。

看到他们越过大厅向他走来时，电梯员迪亚格对罗斯玛丽笑了笑，因为他喜欢罗斯玛丽多过其他的住户。

迪亚格的笑容让罗斯玛丽想到自己，唤醒她某种意念。

罗斯玛丽偷偷打开身边的手提包，用手指钩住钥匙环，然后在电梯门边将手提包顺手一倒，让所有东西掉出来，只有钥匙除外。唇膏、硬币、凯的十元和二十元纸钞等，在地上乱滚一气，罗斯玛丽则笨拙地望着地面。

凯和萨皮尔斯坦医生忙着捡拾东西，她无助地默默挺着肚子站在一旁，迪亚格走出电梯，一脸关切地曲身帮忙。罗斯玛丽让开退入电梯里，她紧盯他们，用脚指踩住地板上的圆钮。电梯的卷门阖上了，罗斯玛丽将内门也关了起来。

迪亚格伸出手抓门，又不敢让手指夹住，只能在门外拍喊：“嘿，伍德豪斯太太！”

对不起，迪亚格。

罗斯玛丽拉动手把，电梯向上攀升。

她会打电话给布莱恩，或琼、埃莉斯，或格蕾丝·卡迪夫，反正会打给某个人。

我们还没输呢，安迪！

她把电梯停到九楼，再往六楼，然后又移至七楼半，调至近七楼的高度，接着打开内门及外门，往下踩四英寸的高度步出电梯。

罗斯玛丽用最快速度绕过走廊转角，这时腹中一阵缩痛，但她仍径自迈开大步，不予理会。

员工电梯的灯从四楼跳到五楼了，她知道里面载着想拦截她的凯和萨皮尔斯坦医生。

她紧张到无法把钥匙插入锁孔里。

但她毕竟还是办到了。罗斯玛丽冲入房内，就在她重重关上门时，电梯的门开了，凯的钥匙插了进来，罗斯玛丽及时将锁链扣上。她拉上门闩，对方的钥匙又将门闩解开。门打开了，却被锁链扯住。

“开门。”凯说。

“下地狱去吧。”她说。

“我不会伤害你的，亲爱的。”

“你已经答应把宝宝给他们，滚开。”

“我没答应他们任何事，”凯说，“你在胡说什么？答应谁？”

“罗斯玛丽。”萨皮尔斯坦医生开口道。

“你也是，给我滚。”

“你似乎妄想有人要伤害你。”

“走开。”她将门推上，拉起门闩。

门闩没再动了。

罗斯玛丽退开几步，眼睛盯着门，然后走回卧室。

九点半了。

她不确定布莱恩的电话号码，电话簿放在大厅或凯的口袋里，所以接线员得先打给奥马哈的查号台。电话终于接通后，还是没人接。“你要我二十分钟后再试着拨一次吗？”接线员问。

“是的，麻烦你。”罗斯玛丽说，“五分钟后再拨。”

“我不能每五分钟拨一次，”接线员表示，“如果你要的话，我只能隔二十分钟拨打一次。”

“好的，拜托你。”罗斯玛丽说完挂断电话。

她打电话给琼，琼也出去了。

她不知道埃莉斯和休的电话，查号台过了老半天才有人接听，不过刚一接通，电话很快便查到了。罗斯玛丽拨了号码，结果是留言服务，因为他们周末出门了。“有我可以联络到他们的地方吗？这件事很紧急。”

“你是邓斯顿先生的秘书吗？”

“不是，我是他们的好友，我真的非跟他们讲话不可。”

“他们在火焰岛，”女人说，“我可以给你一个号码。”

“谢谢了。”

罗斯玛丽记下号码，挂断电话，正想拨号，却听见外边走廊一阵低语，塑料地板上足音杂沓。罗斯玛丽站起身。

凯和方丹先生走进房中。“亲爱的，我们不会伤害你。”凯说，跟在身后的萨皮尔斯坦医生拿着注满药剂的针筒，针尖上滴着药液，拇指按在推管上。尚德医生、方丹太太及吉尔莫太太也来了。“我们是你的朋友。”吉尔莫太太说，接着方丹太太也表示，“你不用害怕，罗斯玛丽，真的一点都不必害怕。”

“这只是很温和的镇定剂，”萨皮尔斯坦医生说，“让你冷静下来，今晚好好睡个觉。”

大腹便便的罗斯玛丽卡在床和墙壁之间，无法爬过床上避开他们。

众人朝她逼近：“你知道我绝对不会让任何人伤害你的。”罗斯玛丽拿起电话，用话筒敲凯的头。凯抓住她的手腕，方丹先生则捉住她另一只手臂，以惊人的力道将她拉过来，电话掉下来了。“救命啊，谁来……”罗斯玛丽尖声大叫，有只强而有力的手，拿着手帕或之类的东西捂住她的嘴巴。

众人将她从床边拖走，萨皮尔斯坦医生拿着针筒和棉球绕到她前方，这时她腹中传来一阵前所未有的剧痛，疼到令她闭上眼睛。罗斯玛丽屏住呼吸，然后快速短促地用鼻孔吸气。有只手按住她的腹部，敏捷熟练地用指尖敲着，接着萨皮尔斯坦医生说：“等一等，等一下，她要待产了。”

众人一阵沉寂，接着房外有人悄声窃语：“她要生了！”

罗斯玛丽张开眼睛瞪着萨皮尔斯坦医生，她用鼻子抽气，肚子松弛下来。医生对她点点头，然后突然抓住原本由方丹先生拉着的那只臂膀，拿棉花球一抹，刺下针头。

罗斯玛丽毫无挣扎地挨了针，她太害怕、太愕然了。

医生抽出针头，用拇指揉揉伤口，然后按上棉球。

罗斯玛丽看到妇人们把床拉下来。

这里？

在这里吗？

应该要去医院啊！去有设备、护士，一切都消毒得干干净净的医院！

众人按住挣扎扭动的罗斯玛丽，凯凑在她耳边说：“你不会有事的，亲爱的，我对上帝发誓你会好好的！我对天发誓你一定会好好的！别再挣扎了，求你别这样！我真心发誓你不会有事的！”

接着又是一阵产痛。

之后她便躺在床上，又挨了萨皮尔斯坦医生一针。

吉尔莫太太帮她擦拭额头。

电话响了。

凯说:“我们不接电话，接线员，麻烦你直接挂掉。”

接着又是一疼，疼得她灵魂出窍。

所有练习都白费了，全是浪费体力，这根本不是自然生产，罗斯玛丽一点忙也帮不上，她什么都看不见。

噢，安迪，安迪或珍妮！对不起，我的小宝贝！请原谅我！

第三部

第一章

光。

天花板。

接着是双腿间的疼痛。

然后是凯。他坐在床边望着她，露出胆怯犹疑的笑容。

“嗨。”他说。

“嗨。”她应道。

好痛。

接着她想起来了，事情过去了，结束了，孩子生出来了。

“孩子还好吗？”她问。

“嗯，很好。”他说。

“男孩还是女孩？”

“男孩。”

“真的吗？是男孩？”

凯点点头。

“孩子平安吗？”

“是的。”

她闭上眼睛，然后再次努力睁开眼。

“你有打电话到蒂芙尼吗？”她问。

“打了。”他说。

罗斯玛丽闭上眼，睡着了。

稍后她想起了更多事情，劳拉坐在床边拿着放大镜看《读者文摘》。

“孩子在哪儿？”罗斯玛丽问。

劳拉吓得跳起来：“我的天，亲爱的。”胸口的放大镜下，映着混织的粗红线。“你吓我一大跳，怎么突然醒了！我的天啊！”她闭着眼睛深深吸气。

“宝宝呢？在哪里？”罗斯玛丽问。

“你在这边等一会儿。”劳拉拿着《读者文摘》站起来，用手指隔开书页。“我去叫凯和萨皮尔斯坦医生，他们就在厨房里。”

“宝宝呢？”她问，但劳拉不回答，径自离门而去。

罗斯玛丽想坐起身，但双臂虚颓无力，两腿间有如千刀戳刺，只好又躺回去等着。她想起了种种的一切。

入夜了，时钟指着九点五分。

凯和萨皮尔斯坦医生走进来，一脸肃然坚毅。

“宝宝呢？”她问。

凯绕到床边弯下身，握住她的手说：“亲爱的。”

“孩子在哪儿？”

“亲爱的……”他开口想说话，却说不出口。他看着床另一侧，寻求协助。

萨皮尔斯坦医生俯望着罗斯玛丽，胡子里沾了一小片椰肉。“你有一些并发症，罗斯玛丽，但不至于影响将来生育。”

“孩子……”

“死了。”医生说。

罗斯玛丽瞪着他。

他点点头。

罗斯玛丽转头看向凯。

他也点点头。

“胎位不正，”萨皮尔斯坦医生说，“若是在医院，我还有可能想办法，但来不及送你过去了，在这边如果硬是要救，对你来说太危险。”

凯说：“我们还可以生别的孩子，亲爱的，我们一定会的，等你好些我们就生，我保证。”

萨皮尔斯坦医生说：“绝对没问题，短短几个月后，你们就可以再生孩子了，而且再度发生类似情形的机率仅有几千分之一。这种不幸只有万分之一的机率，其实宝宝本身非常健康正常。”

凯握紧罗斯玛丽的手，对她鼓励着微笑道：“等你身体好些，我们就生。”

她看着凯和胡子带渣的萨皮尔斯坦医生：“你们说谎，”她说，“我不信，你们两个都在撒谎。”

“亲爱的。”凯说。

“宝宝没死，”她说，“你们把他带走了，你们骗人，你们是巫师，你们在说谎，说谎！说谎！你们在说谎，说谎！说谎！”

凯将她的肩膀按到床上，萨皮尔斯坦医生又给她扎了一针。

罗斯玛丽喝着汤，吃着涂了奶油的三角形白面包，凯坐在床侧，同样啃着三角面包。“你疯了，”他说，“你真的失去理智了，萨皮尔斯坦医生说，有时孕期最后两周会有这种情况，他讲了一个名称，临产什么什么的，好像是歇斯底里吧。亲爱的，你就是那种状况，而且病情挺严重的。”

她没答腔，喝了一匙汤。

“听我说，”凯表示，“我知道你为什么会以为米妮和罗曼是巫师，但你怎么会以为亚伯和我也是其中一员？”

她没说话。

“我那样说真蠢，”凯表示，“我想临产什么症的，并不需要理由。”他又拿了一片三角面包，吃掉一个角，然后再咬掉另一个。

罗斯玛丽说：“你为什么要跟唐纳德·鲍姆加特交换领带？”

“我为什么要……那件事跟任何事什么关系？”

“你需要他的一件贴身物品，”她说，“这样他们才能对他施咒，让他失明。”

凯瞪着她：“亲爱的，看在上帝的份上，你在胡说什么？”

“你知道我在说什么。”

“我的妈呀。”他说，“因为我喜欢他的领带，不喜欢我自己的，而他刚好跟我一样，所以我才跟他交换领带。我没跟你说，是因为这样的举动有点娘娘腔，不好意思提。”

“《异想天开》的票是打哪儿来的？”她问。

“什么？”

“你说票是多米尼克给的，其实并不是。”

“天啊我的天啊，”凯说，“那样我就变成巫师了吗？门票是一个叫诺玛什么的女生给的，我跟她在试演会上认识，一起喝了几杯酒。萨皮尔斯坦又做了什么？是他绑鞋带的方式不对吗？”

“他用单宁根。”罗斯玛丽说，“那是巫师用的东西，他的接待员告诉我说，她闻到医生身上有单宁根的味道。”

“也许米妮送幸运符给他，就像她送你一样。你是说只有巫师会用单宁根吗？听起来不太可能。”

罗斯玛丽静默不语。

凯说：“面对现实吧，亲爱的。你临盆前发了一通疯，现在好好休息，快点好起来。”他靠过去拉她的手，“我知道这对你是天大的不幸，可是从今以后，一切都会好起来的。华纳兄弟的事已经快敲定了，环球也突然表示对我感兴趣，我会得到更好的戏评，然后我们将大红大紫，住到优美的比弗利山庄，有泳池、香草花园，然后还有一群孩子。我对天发誓，你也听到医生说的话了。”他亲吻罗斯玛丽的手，“我得走了，我得赶紧红起来。”

他起身朝门口走去。

“让我看看你的肩膀。”罗斯玛丽说。

凯停下来转身。

“让我看看你的肩膀。”她说。

“你在开玩笑吗？”

“没有，”她说，“让我看你的左肩。”

凯瞅着她说：“好吧，你要怎样就怎样，亲爱的。”

他解开蓝色短袖针织衬衫的领口，抓住衣摆从头顶脱下。衬衫下有件白T恤。“通常我脱衣服时喜欢有音乐伴奏。”凯一并脱掉T恤，然后走到床边弯下身，让罗斯玛丽看他的左肩。上面没有标记，只有淡淡的疖子或痘印。凯还让她看另一边的肩膀、胸膛及背部。

“再脱下去要出乱子了。”他说。

“好了。”罗斯玛丽说。

凯咧嘴一笑：“现在问题来了，我是该把衬衫穿回去，还是直接走出去，把劳拉吓一大跳。”

她的乳房胀满了奶，得想办法把奶水挤出来，于是萨皮尔斯坦医生教她如何使用有塑料球的吸奶器。吸奶器看来很像玻璃制的汽车喇叭，劳拉、海伦·韦斯或任何在场的人，会帮她送吸奶器和量杯过来。她从两边乳房各吸出一两盎司淡绿色、闻起来微带单宁根气味的乳汁。在这过程中，她终于明白宝宝已不在人世了。等量杯、吸奶器从房间撤走后，罗斯玛丽便心碎苦寂地躺在枕上，再多的泪水也洗不去心中的痛。

琼、埃莉斯和泰格尔跑来看她，她跟布莱恩在电话中谈了二十分钟。麦克、佩德罗、卢和克劳迪娅送来鲜花：玫瑰、康乃馨和一盆黄杜鹃。凯买了一架新的带遥控器的电视放到床脚，罗斯玛丽茫然地看着电视，人家拿什么食物和药喂她，她就傻傻地吃。

米妮和罗曼寄来慰问信，两人各写了一页，他们现在在杜布罗夫尼克。

缝合处渐渐不再疼了。

两三个星期后的某天早上，罗斯玛丽觉得隐约听见婴儿啼哭。她关掉电视仔细听，远方有微弱的哭声，是真的有吗？她溜下床，关掉空调。

弗洛伦斯·吉尔莫拿着吸奶器和杯子进来。

"你听到婴儿的哭声了吗？"罗斯玛丽问她。

两人竖耳听着。

没错，有个婴儿在哭。

"没有，亲爱的，我没听见。"吉尔莫太太说，"快回床上吧，你不该四处走动，你把空调关掉了吗？不该那样，今天热死了，真的有人热死呢。"

当天下午，罗斯玛丽又听见哭声了，而且胸部莫名其妙地开始渗出乳汁……

“有新住户搬进来，”那天晚上凯突然说道，“住在八楼。”

“他们有个宝宝。”罗斯玛丽说。

“是啊，你怎么知道？”

她看了凯一会儿，说道：“我听见宝宝哭了。”

第二天她又听到了，次日亦然。

罗斯玛丽不再看电视，假装拿着书读，实则是凝神聆听……

宝宝八点钟没哭，七点时还醒着。

而吸奶器和量杯往往在哭声响起后几分钟送进来，等她的乳汁被带走后几分钟，哭声便歇了。

“你都怎么处理乳汁？”某天早晨，罗斯玛丽把吸奶器和杯子里的六盎司母乳交给劳拉时，问她说。

“当然是扔掉啊。”劳拉说完便出去了。

那天下午，罗斯玛丽把杯子递给劳拉时说道：“等一等。”接着作势把一根用过的咖啡匙放进母乳里。

劳拉立刻抽开杯子：“别那样。”她一手握着吸奶器，同时用手指勾住汤匙。

“有区别吗？”罗斯玛丽问。

“那样不卫生。”劳拉说。

第二章

孩子还活着。

孩子就在米妮和罗曼的公寓里。

他们把孩子藏在那里，用她的母乳喂他，并祈求上帝能照顾他。罗斯玛丽记得哈奇的书上说，八月一日是他们的节日，叫收获节什么的，会举行特殊而狂闹的仪式。或许他们打算将孩子留到米妮和罗曼从欧洲归来，跟他们一起分享。

但孩子依然活着。

罗斯玛丽不再吃他们给的药片了，她把药片夹在大拇指与掌心之间，假装吃下去，稍后再把药片塞到床垫跟弹簧垫底下。

她觉得身体日渐强壮，神智益发清醒了。

再撑着点，安迪！妈妈就来了！

希尔医生已让她学到教训，这回她不会再求助任何人，也不敢期望有人能相信她，并前来救援。她不能向警方、琼、邓斯顿夫妇或格蕾丝·卡迪夫，甚至连布莱恩都不能求助。凯太会演戏，萨皮尔斯坦医生又太大牌，两人一联手，连布莱恩也会认为她得了产后失心疯。这回她要独自行动，自己闯进去救他，拿她最尖长的菜刀阻挡那些疯子。

而且现在她有优势，因为她知道两栋公寓间有个秘道——但他们并不知道她已经知情了。那天晚上，门是用链子锁住的，当她发现自己凝视的手并不是鸟或战舰，而是真实的手时，她就知道了。但他们依旧全闯了进来，因此必然还有别的路。

只有可能是去世的加德尼亚太太堵起来的那面衣柜了，老太太一定跟可怜而不省人事的哈奇一样，是被巫术害死的。柜子摆在那里，将一大间公寓隔成两间较小的公寓，假若加德尼亚太太也属于巫魔族——特里不就说过，老太太把香草给了米妮吗？——那么若能打开柜子底处，穿梭于公寓之间，既能少走不少路，又能避开邻居耳目，岂不是合情合理？

一定就是那个衣柜。

她在很久前的一场梦里，曾被扛进过那个通道，原来那不是梦，而是来自天堂的信息，上天要她记着，在受到考验时可以想起。

噢，天上的父，请原谅我曾怀疑你！原谅我背弃祢，慈悲的天父，请帮助我，救我于困厄！噢，耶稣啊，亲爱的耶稣，请帮助我解救我那无辜的宝宝！

答案当然就在药片里了，罗斯玛丽将手臂探到床垫下，把药片一颗颗拿出来。八颗一模一样的药片，小小的白色药锭，中间有条刻线，可将药片掰成两半。无论这是什么药，反正一天三粒便足以令她瘫软顺从，一次若能吞上八粒，必能让劳拉或海伦·韦斯沉睡不醒。她将药片擦净，用一张杂志封面纸包好，塞到纸巾盒的盒底。

罗斯玛丽假装依然瘫软顺从，乖乖吃饭、看杂志、挤奶。

当一切就绪时，来的人换成了利亚·方丹。她在海伦·韦斯把母乳端出去后走了进来。“嗨，罗斯玛丽！我一直让其他女生来陪你，这会儿换我来玩啦。你这边总是有电影可以看是吧！今晚有什么好片吗？”

公寓里没别的人，凯去找艾伦谈合约的事。

她们一起看了一部弗雷德·阿斯泰尔和金格尔·罗杰斯[①]的电影，休息时，利亚到厨房端来两杯咖啡，放到床头柜上，这时罗斯玛丽说道：“我也有点饿了，能不能请你帮我做一份奶酪三明治？”

“当然没问题，亲爱的。”利亚说，“里头想放什么，要加生菜和蛋黄酱吗？”

---

① Fred Astaire、Ginger Rogers，好莱坞歌舞片的金童玉女。

利亚再次走了出去，罗斯玛丽从纸巾盒里拿出纸包，里头现在有十一颗药片了，她把药片悉数倒入利亚的杯子里，用自己的汤匙搅拌咖啡，再拿纸巾擦拭干净。她端起自己的咖啡，可是手抖得太厉害，只好又放下杯子。

不过当利亚拿着三明治进来时，她已经能坐着冷静地啜饮咖啡了。“谢谢你，利亚，看起来很好吃。咖啡有点苦，我猜是泡太久了。”

“要我重新泡吗？”利亚问。

“不用了，其实没那么难喝。”罗斯玛丽说。

利亚坐到床边，端起自己的杯子搅了搅，喝道：“嗯。”她皱着鼻子，点点头，表示赞成罗斯玛丽的看法。

“不过还是可以入口。”罗斯玛丽说。

两人一起看电影，又进了两次广告后，利亚的头盹了一下，但立即抬起来。她放下杯盘，杯子已空掉三分之二了。罗斯玛丽吃掉最后一片三明治，看弗雷德·阿斯泰尔和另外两个人在梦幻游乐园的转盘上跳舞。

电影还在放着，利亚睡着了。

“利亚？”罗斯玛丽问。

老太太坐着打呼噜，下巴抵住胸口，掌心朝天地摊在大腿上，淡紫色的假发滑向前方，几缕白发从脖子背后露了出来。

罗斯玛丽下床穿上拖鞋，套上她从医院买来的蓝白色棉制家服，蹑手蹑脚走出卧室，将门关上，然后来到公寓大门，悄悄地拉上门链和门闩。

接着她走进厨房，从刀架上抓起最尖长的刀子——一把近乎全新的刀，有弧形的尖利钢刃和镶了黄铜的沉重骨柄。她倒握着刀，离开厨房，沿着走廊来到衣柜门口。

罗斯玛丽一打开门，便知道自己猜中了。柜子里的衣架看来十分干净整齐，但其中两样东西调换过位置；浴巾和小毛巾跟被子换了地方。

她把刀子放到浴室入口，搬空柜子，只有放在顶架上的东西例外。罗斯玛丽把毛巾被单放到地上，以及大大小小的盒子，然后搬开四片似乎在几百年前被她铺上棉布的架子。

柜子背后、顶架底下，有一大片加了白色窄框的漆白面板。罗斯玛丽站近后，斜身就着光线细看，发现板子和板框交接处的油漆有条持续的裂纹。她试图去推板子的一侧，接着手底使劲，又去推另一侧，嵌着铰链的板子便唧唧作响地向内转开了。里头是另一个黑漆漆的柜子，地上躺了个亮晃晃的铁线衣架，还有一小片从锁孔透出的光。罗斯玛丽将板子整个推开，踏进第二个衣柜里，她蹲下身子，从锁孔中看到二十英尺外，嵌在米妮和罗曼的公寓走廊上的一个古董小橱柜。

她试推了一下门，门开了。

罗斯玛丽关上门，退回自己的衣柜，拾起刀子，然后再次走进去从锁孔窥探，将门推开一丝缝隙。

接着她又将门打开了些，刀尖向前地将刀握在肩高处。

走廊上空无一人，客厅却隐隐传来声音，右侧的浴室开着门，里头漆黑一片。米妮和罗曼的卧室在左边，有盏床头灯亮着，房中没有婴儿床，也没有宝宝。

她小心翼翼地穿过走廊，右边有扇门锁住了；左边另一道门是个壁橱。

古董柜上方挂了一小幅生动的油画，内容是一栋着火的教堂。以前这边只有一根勾子，这会儿却悬着一幅骇人的画作。看起来像是圣帕特里克教堂，黄色和橘色的火焰自教堂窗口窜出，穿过屋顶。

她在哪里看过？着火的教堂……

在梦里！当凯和另一个人抬着她穿越壁橱时："你把她抬得太高了。"他们来到一间大厅，一旁是着了火的教堂，就是那间教堂。

但怎么可能？

难道她真的被抬过壁橱，在经过时看到了这幅画？

快点找到安迪，找到安迪，找到安迪。

罗斯玛丽高举刀子，循着嵌合处左望右瞧。其他门都锁上了，她又看到另一幅裸身男女环圈而舞的画作。前面就是休息室和前门了，右边的拱门通往客厅，人声变得更响了。"如果他还在等飞机的话，可是他并没有！"方丹先生的话引来笑声，众人随即又安静下来。

在梦中的舞厅里，杰奎琳·肯尼迪和善地跟她说完话便离开了，接着他们全部都到场了，全体巫魔族光着身子围着她唱歌。难道真的发生过那件事？罗曼穿着黑袍在她身上画符，萨皮尔斯坦医生为他举着一杯红色颜料。红色颜料？是血吗？

“噢，去你的，海耶托，”米妮说，“你只是在作弄我罢了！我们这边的说法是‘扯我后腿’。”

是米妮？她从欧洲回来了？罗曼也是吗？昨天不是才收到他们从杜布罗夫尼克寄来的卡片，说他们要继续留下来吗！

他们真的离开过吗？

罗斯玛丽挨到拱门边，她可以看到书架、档案柜和摆满报纸及一叠叠信封的桥牌桌了。巫魔族在房间另一头轻声谈笑，冰块咣啷撞响。

她握紧刀子向前踏近一步，然后停下来注视。

房间另一边的大飘窗边，有个黑色的婴儿床，纯黑的婴儿床绕着黑色绉纱，并用镶了荷叶边的黑色硬纱罩着。黑色的罩子上还别着一个用黑丝带绑着的银饰。

孩子死了吗？没有，罗斯玛丽虽然害怕，却看到硬纱在颤动，银饰也在轻晃。

他在里面，在那个妖异诡谲的巫师婴儿床里。

那银饰是个倒挂的苦相十字架，耶稣的脚踝用黑丝带缠绑着。

一想到宝宝无助地躺在亵渎神明的恐惧中，罗斯玛丽便忍不住热泪盈眶，她突然好想什么都不做地崩溃大哭，对这样恶毒到令人无言的事彻底投降。然而她挺住了，她紧闭双眼，止住泪水，快速地喊声“万福玛利亚”，然后凝聚所有意志与愤恨——她恨米妮、罗曼、凯、萨皮尔斯坦医生——恨所有共谋将安迪从她身边偷走、无耻地利用孩子的人。她在衣服上擦着手，将头发拨到后面，重新握住厚实的刀柄，然后走到所有人看得见、知道她已现身的地方。

诡异的是，他们竟未瞧见她，一群人自顾自地谈天喝酒，愉快地开着派对，仿佛当她是幽魂，或仍躺在床上做梦。米妮、罗曼、凯（去他的合约！）、方丹先生、韦斯夫妇、劳拉，以及一名戴眼镜、看起来十分认真的日本年轻人，大伙就在壁炉架上一幅艾德里安·马卡托的肖像边聚着。只有马卡托看到她，马卡托威仪无比地怒瞪着她，却动也不动，无计可施，因为他只是一幅画像。

接着罗曼也看到她了。罗曼放下酒杯，推了一下米妮的手臂。大伙纷纷安静下来，那些背对她而坐的人，也困惑地朝她转过身。凯正要起身，却又坐下来。劳拉用手捂住嘴，开始尖叫。海伦·韦斯说："回床上去，罗斯玛丽，你不该起来到处乱跑。"她不是疯了就是想玩心理学的把戏。

"她就是母亲吗？"日本人问，看到罗曼点头后，他说："呃，糟了……"然后好奇地看着罗斯玛丽。

"她把利亚杀了。"方丹先生说着站起来，"她杀掉我们家利亚了，是不是？她在哪里？你是不是把我家利亚杀掉了？"

罗斯玛丽瞪着他们，瞪着凯，凯涨红了脸，头垂得低低的。

她将刀子握得更紧。"是的。"她说，"我把她杀掉了，我一直刺到她死为止，然后把刀子清干净，谁敢靠近我，我就刺死谁。凯，你跟他们说刀子有多锋利！"

凯不敢说话，方丹先生坐下来，用手捂住心口，劳拉尖声叫着。

罗斯玛丽盯紧他们，开始朝着婴儿床走去。

"罗斯玛丽。"罗曼说。

“闭嘴。”她说。

“在你看婴儿之前……”

“闭嘴。”她说，“你在杜布罗夫尼克，我听不到你说话。”

“让她去吧。”米妮说。

她盯住他们，最后来到面朝众人的婴儿床边。罗斯玛丽用空下的手抓住婴儿床下的黑手把，温柔地将小床慢慢转过来面对自己。硬纱瑟瑟作响，后方的轮子发出咿呀声。

孩子安详地甜睡着，娇小而面色粉嫩，安迪裹着暖和的黑毯，戴着小小的黑手套，腕上还绑着丝带。他整洁的橘红色细发发量极多，安迪，噢，安迪！她对他伸出手，将刀子转开，孩子嘟囔着嘴，张开眼睛看着罗斯玛丽。他的眼睛是金黄色的，全是金黄色的，既无眼白，亦无虹膜，只有一片纯金，和一条笔直尖细的瞳孔。

罗斯玛丽望着孩子。

孩子用一对金眼望着她，然后看着倒晃的苦像。

罗斯玛丽望向一群盯着她的人，握紧刀子对他们尖叫：“你们把他的眼睛怎么了？”

一群人转头看着罗曼。

“他的眼睛像他父亲。”罗曼说。

罗斯玛丽看着罗曼，又看看凯。凯用手遮住自己的双眼，然后再看着罗曼。“你在说什么？凯的眼睛是棕色的，是正常的！你们这些疯子究竟对他做了什么？”她离开婴儿床，准备杀掉这群人。

“他的父亲是撒但，不是凯。”罗曼说，“撒但才是他的父亲，他从地狱上来，跟人类女子生了一个儿子！以报复那些有失公允、只会崇信上帝、对之深信不疑的跟随者！”

“撒但万岁。”韦斯先生说。

“撒但才是他的父亲，他的名字叫艾德安！”罗曼高声喊道，声音越来越洪亮且骄傲，亦越发霸气。“他将打倒全能的上帝，毁灭他们的庙宇！他将救赎受到鄙视的人，为那些受焚及遭受到酷刑的人报仇！”

“艾德安万岁。”众人说，“艾德安万岁”、“艾德安万岁”，接着又说：“撒但万岁”、“撒但万岁”、“艾德安万岁”、“撒但万岁”。

罗斯玛丽摇头道：“不。”

米妮说：“他挑中了你，罗斯玛丽，他在全世界的女人中挑上了你。他将你和凯引到你们的公寓，他令那个蠢女孩特里恐惧发狂，所以我们只得改变计划，他安排一切，因为他希望你成为他独子的母亲。”

“他的力量高不可限。”罗曼说。

“撒但万岁。”海伦·韦斯说。

“他的神力将永世长存。”

“撒但万岁。”日本人说。

劳拉拿开捂在嘴上的手，凯从手底下窥望罗斯玛丽。

“不。”罗斯玛丽说，“不。”她垂下刀子，“不，不会是这样的，不。”

“去看看孩子的手，”米妮说，“还有他的脚。”

“以及他的尾巴。”劳拉说。

“还有他头上未成形的尖角。”米妮说。

“噢，上帝。”罗斯玛丽说。

“上帝已经死了。”罗曼答道。

她转向婴儿床，任刀子滑落，再扭头望着一群巫师。“噢，上帝！”罗斯玛丽捂住自己的脸。“噢，上帝！上帝啊！上帝啊！上帝啊！上帝啊！”

“上帝已经死了！”罗曼大吼，“上帝已死，撒但重生！今年是元年，是我们上主的第一年！今年是元年，上帝完蛋了！今年是艾德安崛起的元年！”

“撒但万岁！”众人齐声高喊，“艾德安万岁！”“艾德安万岁！”“撒但万岁！”

罗斯玛丽向后退开——“不，不。”她越退越远，最后夹在两张桥牌桌间。她身后有张椅子，罗斯玛丽坐下来瞪视众人。“不。”

方丹先生冲出门奔过走廊，凯和韦斯先生追在后头。

米妮走过去，嘀嘀咕咕地弯身捡起刀子拿到厨房。

劳拉走到婴儿床边霸道地摇着，对宝宝扮鬼脸，黑色绉纱沙沙响着，床轮吱吱发声。

罗斯玛丽坐在那儿呆望着说：“不。”

那场梦，那场梦竟是真的，她看见的那对黄色眼眸。“噢，上帝啊。”

罗曼走到她身边说：“其实克莱尔·方丹只是做做样子，好像对利亚的事十分伤心，其实他并没有那么难过。没有人喜欢利亚，她太吝啬了，情感跟金钱上都是如此。你何不帮我们忙，好好地当艾德安的母亲，罗斯玛丽，我们会想办法的，这样你就不必因杀死利亚而受到惩治，也不会有人知道了。你若不想加入，不必勉强，只要养你的宝宝就可以了。”他弯身悄声说：“米妮和劳拉都太老了，不适合带孩子。”

她看着罗曼。

罗曼站直身体说：“你考虑看看吧，罗斯玛丽。”

“我没杀死她。”罗斯玛丽表示。

“哦？”

“我只是给她吃药而已，她睡着了。”

“噢。”他说。

门铃响了。

“不好意思。”罗曼说着过去应门，同时一边回头说：“反正你考虑一下。”

“噢，上帝啊。”罗斯玛丽叹道。

“闭上你的嘴，别再讲‘噢，上帝’了，否则我们宰了你。”劳拉摇着婴儿床说，“你到底要不要喂奶啊。”

“你才要闭嘴。”海伦·韦斯说着走向罗斯玛丽，在她手上放了条打湿的手帕。“罗斯玛丽是他母亲，不管她做什么，你都别忘了，你最好对她放尊重点。”

劳拉咬牙嘟囔了几句。

罗斯玛丽拿起清凉的手帕擦拭额头和脸颊，坐在房间另一头厚垫子上的日本人看着她，咧嘴一笑，点点头，然后拿起刚装好胶卷的相机，对着婴儿床来回比划着，一边微笑点头。罗斯玛丽垂下眼，开始哭了起来，她抹着眼睛。

罗曼拉着一名男子进来，此人高大英俊，肤色黝黑，穿着雪白的西装和白鞋。男子抱着一个大盒子，盒子用印上泰迪熊和拐杖糖的淡蓝色包装纸包着，里头发出了音乐声，大家都聚过来跟男子会面握手，七嘴八舌地说“好担心”，“真开心”，“机场”，“斯塔夫罗普洛斯”和“场合”。劳拉把盒子拿到婴儿床边，举起来让宝宝看，并摇着箱子给宝宝听，然后把盒子放到窗座上，跟其他许多包装类似的盒子摆在一起，其中少数几个黑盒子还系着黑丝带。

“六月二十五日午夜刚过。”罗曼说，“刚好隔半年，很完美吧？”

“可是这有什么好讶异的？”新到的男子摊开双手问，“埃德蒙·洛特雷阿蒙三百年前不就预言会是在六月二十五日了吗？”

“的确。”罗曼笑道，“但看到他的预言成真，感觉实在太新奇了！”所有人哈哈大笑，“来吧，我的朋友。”罗曼将新到的男子拉向前，“来看看他，看看那孩子。”

两人走到婴儿床边，劳拉带着店员般的笑容等在一旁，他们聚在婴儿床边默默看着孩子，片刻后，男子跪了下来。

这时凯和韦斯先生进来了。

两人候在拱门边，直至男子起身，然后凯才走到罗斯玛丽身旁。“她没事了，”他说，“萨皮尔斯坦医生在那边陪她。”他站着俯视罗斯玛丽，双手在身侧擦着。“他们答应我不会让你受到伤害，而且你也真的没事，我的意思是，就当作你生了孩子，孩子死掉了，不是一样嘛？而且我们又获得如此丰厚的回报。”

罗斯玛丽把手帕放到桌上，她看着凯，然后奋力的朝他吐口水。

凯脸一红，扭身用夹克前襟擦脸。罗曼走过来为他介绍新到的男子，阿吉罗斯·斯塔夫罗普洛斯。

“你一定觉得非常光荣。”斯塔夫罗普洛斯双手紧钳住凯的手说，“可是那边那位应该不是母亲吧？她怎么会……”罗曼把男子拉开，悄声在他耳边说话。

“来，”米妮拿了一杯热腾腾的茶给罗斯玛丽说，“喝下去，你会觉得好一点。”

罗斯玛丽看着茶，然后抬眼问米妮：“茶里放了什么？单宁根吗？”

“什么都没有。”米妮把茶放到手帕旁说，“只有糖和柠檬，是一般的立顿红茶，你喝了吧。”

她实在应该把孩子杀了。等他们全坐到房间另一边，她就冲过去推开劳拉，抓起婴儿扔到窗外，然后跟着一起跳下去。布拉德福德大厦，母亲杀婴后自裁。

算是替世人省了一道神鬼交锋的难题。

尾巴！头上的尖角！

她好想狂叫，好想去死。

她会这么做的，先把他扔出去，然后跟着跳楼。

这会儿那群人正四处走动，开心地喝着鸡尾酒。日本人到处拍照；拍凯、斯塔夫罗普洛斯，拍抱着宝宝的劳拉。

罗斯玛丽转开头不想多看。

那对眼眸！像野兽，如老虎，根本不像人类的眼睛！

当然了，他并不是人类，而算是——混血儿。

在他张开那对黄眼之前，看起来何其可爱甜美！娇小的下巴跟布莱恩有点像；软嫩的嘴；一头漂亮的橘红色头发……若能再看他一眼多好，只要他别再张开那对艳黄的兽眼。

罗斯玛丽喝着茶，的确是茶没错。

不行，她没办法将他扔出窗外，不管父亲是谁，毕竟他是她的孩子。她必须找个能了解她的人，像是神父。没错，答案出来了，她得去找神父，这种问题该交给教会处理，让教皇和所有红衣主教去应付，而不是丢给奥马哈来的傻女孩罗斯玛丽·赖利。

无论如何，都不该杀人。

她又喝了些茶。

孩子开始呜呜哭了起来，因为劳拉把婴儿床摇得太快了，而那个傻女人又摇得更急了。

她终于忍不住，起身走过去。

“别过来，”劳拉说，“你别靠近他。罗曼！”

“你摇得太快了。”罗斯玛丽说。

“坐下！”劳拉说着又对罗曼表示：“叫她离开这里，让她回去原本的地方。”

罗斯玛丽说：“她摇太快了，所以孩子才会哭。”

“管好你自己的事！”劳拉说。

“让罗斯玛丽来摇。”罗曼说。

劳拉瞪着他。

“去吧。”罗曼站到婴儿床后边，“去跟别人一起坐着，让罗斯玛丽来摇。”

“她有可能……”

“去跟大家坐到一起，劳拉。”

劳拉咕咕哝哝地大步走开。

“来摇呀。”罗曼笑着对罗斯玛丽说，朝她来回摇动摇篮。

罗斯玛丽定定地看着罗曼：“你想要、要我当他母亲。”她说。

“难道你不是他的母亲吗？”罗曼说，“来摇吧，别让孩子再哭了。”

她任由罗曼将黑色的手把塞入她手里，然后用手指扣住。两人你来我往地摇了一阵子，罗曼才松手让罗斯玛丽一个人温柔地慢慢摇着。她瞄向宝宝，瞟见他黄色的眼眸，然后又瞥着窗户。“你们应该替轮子上油，”她说，“轮子也会吵到他。”

“我会的。”罗曼说，“你看？他不再哭了，他知道你是谁。”

“别傻了。”罗斯玛丽说着再次看向宝宝，孩子正盯着她看。罗斯玛丽现在有了心理准备，觉得他的眼睛并没那么糟，刚才只是被吓到而已，孩子的眼睛其实还挺漂亮的。“他的手长什么样子。”罗斯玛丽摇着孩子问。

“长得很好。”罗曼说：“他有爪子，但非常细小，还泛着珠光。戴手套是为了防止他抓伤自己，并不是因为他的手不好看。”

“他看起来很忧愁。”罗斯玛丽说。

萨皮尔斯坦医生走过来说：“今晚有太多意想不到的事了。”

“你给我走开，”她说，“否则我在你脸上吐口水。”

“走开吧，亚伯。”罗曼说，萨皮尔斯坦医生点点头退开。

“我不是指你。”罗斯玛丽对宝宝说，“这不是你的错，我是在气他们，因为他们骗我，对我说谎。别一脸担心，我不会伤害你。”

“他知道。”罗曼说。

“那他为什么看起来那么忧愁？”罗斯玛丽说，“可怜的小家伙，你瞧他。”

“等一下，我得去照料客人，我一会儿就回来。”罗曼丢下她一个人离开了。

“我真的绝对不会伤害你。”罗斯玛丽对宝宝说。她弯下身，解开孩子衣袍的领口，“劳拉绑得太紧了，对不对？我会把衣服弄松一点，这样你就会比较舒服了。你的下巴好可爱，你知道吗？你有对奇怪的黄眼睛，但你有个非常可爱的下巴。”

她帮孩子把袍子调整得更舒适些。

可怜的小家伙。

他不会真的坏到骨子里，不可能的，即使他一半是撒但，却也有一半是她，有一半的善良、正常、理性与人性吧？她若能对抗他们，发挥对孩子的正面影响……

“你有一间自己的房间，你知道吗？”罗斯玛丽掀开孩子身边的毯子，毯子也裹得太紧了。“有白色和黄色的壁纸，一个有黄色防撞护栏的白婴儿床，而且整个房间都没有半点邪恶的黑色。下次喝奶时，我们会带你去看，对了，我刚巧就是那位提供你所有奶水的女士，你一定以为奶水是从瓶子里来的吧？其实不是，奶水是从妈妈身上来的，而我就是你妈。没错，就是这样，愁脸先生，你知道了好像也没有特别兴奋。”

四周的寂静惹得罗斯玛丽抬起头，结果发现一行人尊重地隔着一段距离，正在围观。

罗斯玛丽脸一红，扭头把毯子塞回宝宝身边。“随便他们看吧，”她说，“我们才不在乎，对不对？我们只想这样舒舒服服地躺着，对不对，你觉得好些了吗？”

“罗斯玛丽万岁。”海伦·韦斯说。

其他人跟着喊“罗斯玛丽万岁”、“罗斯玛丽万岁”。米妮、斯塔夫罗普洛斯和萨皮尔斯坦医生说：“罗斯玛丽万岁。”凯也跟着说：“罗斯玛丽万岁。”劳拉掀动嘴唇，却没发出声音。

“艾德安之母，罗斯玛丽万岁！”罗曼说。

罗斯玛丽从摇床上抬起眼：“是安德鲁，”她说，“安德鲁·约翰·伍德豪斯。”

“是艾德安·史蒂文。”罗曼说。

凯表示：“罗曼，别这样。”而站在罗曼另一侧的斯塔夫罗普洛斯则搭住他的臂膀说：“名字有那么重要吗？”

“有的，就有那么重要。”罗曼说，“他的名字叫艾德安·史帝文。”

罗斯玛丽答道：“我知道你为什么喜欢那样喊他，但很抱歉，你不能那样叫他。他的名字叫安德鲁·约翰。他是我的孩子，不是你的，这点我根本无须赘言，他的名字和衣服都是，孩子不能一直穿黑衣服。”

罗曼才张嘴却被米妮打断：“安德鲁万岁”，接着米妮又看着罗曼大声喊道，“安德鲁之母，罗斯玛丽万岁。”

所有人都跟着喊“安德鲁万岁”，“安德鲁之母，罗斯玛丽万岁”，然后又喊：“撒但万岁。”

罗斯玛丽搔着宝宝的肚子：“你并不喜欢‘艾德安’，对不对？”她问宝宝，“我就知道你不喜欢‘艾德安·史蒂文’这个名字！拜托你别再一脸愁容好吗？”她点着孩子的鼻尖，“你会微笑了吗？安迪？会吗？来，怪眼小安迪，可以笑一个吗？可以为妈咪笑一下吗？”她拍着银饰，让银饰晃动。“笑一个呀，安迪。”她说，“一下下就好，来呀，安迪弟弟。”

日本人拿着相机溜向前，蹲伏着身子，很快地连拍三四张照片。

图书在版编目（CIP）数据

罗斯玛丽的婴儿 / (美) 艾拉•莱文著 ; 柯清心译 . -- 北京 : 北京时代华文书局 , 2017.4
书名原文: Rosemary's Baby
ISBN 978-7-5699-1440-5

Ⅰ . ①罗… Ⅱ . ①艾… ②柯… Ⅲ . ①长篇小说－美国－现代
Ⅳ . ① I712.45

中国版本图书馆 CIP 数据核字 (2017) 第 041165 号

北京市版权著作权合同登记号 图书: 01-2016-9137

IRA LEVIN
ROSEMARY'S BABY

罗斯玛丽的婴儿

作　　者 | [美] 艾拉 · 莱文
译　　者 | 柯清心

出 版 人 | 王训海
策划编辑 | 黄思远　韩　笑
责任编辑 | 宋　春　韩　笑
封面设计 | 梁依宁
责任印制 | 刘　银　范玉洁

出版发行 | 北京时代华文书局 http://www.bjsdsj.com.cn
北京市东城区安定门外大街 136 号皇城国际大厦 A 座 8 楼
邮编: 100011　电话: 010 - 64267955　64267677
印　　刷 | 河北鹏润印刷有限公司　电话: 0317 - 5196862
（如发现印装质量问题，请与印刷厂联系调换）
开　　本 | 710×1000mm　1/32
印　　张 | 8
字　　数 | 160 千字
版　　次 | 2017 年 8 月第 1 版　　2017 年 8 月第 1 次印刷
书　　号 | ISBN 978-7-5699-1440-5

定　　价 | 45.00 元